KB176625

문득, 로그인

Suddenly, Log in

문득, 로그인

초판 인쇄 · 2019년 5월 22일
초판 발행 · 2019년 5월 27일

지은이 · 유시연 외
펴낸이 · 한봉숙
펴낸곳 · 푸른사상사

편집 · 지순이 | 교정 · 김수란
등록 · 1999년 7월 8일 제2-2876호
주소 · 경기도 파주시 회동길 337-16 푸른사상사
대표전화 · 031) 955-9111(2) | 팩시밀리 · 031) 955-9114
이메일 · prun21c@hanmail.net
홈페이지 · http://www.prun21c.com

ⓒ 유시연 외, 2019

ISBN 979-11-308-1434-6 03810
값 14,000원

이 도서의 국립중앙도서관 출판예정도서목록(CIP)은 서지정보유통지원시스템
홈페이지(http://seoji.nl.go.kr)와 국가자료공동목록시스템(http://www.nl.go.kr/
kolisnet)에서 이용하실 수 있습니다.(CIP제어번호: CIP2019018397)

Suddenly, Log in

마음과 추억을 떠올리게 하는 소중한 모든 것

문득, 로그인

유시연 이신자 장현숙 정해성 조규남
조연향 최명숙 한봉숙 황영경 오영미

푸른사상
PRUNSASANG

'문득, 로그인' 하기 전에!

굳이 "열려라, 참깨!"를 외치지 않아도 어느 날 문득 그 단단했던 빗장이 스르르 열리는 보물창고, 그 찬란한 광채에 그만 눈시울이 젖는다. 전혀 손상되지 않고, 원석 그대로 빛나는 존재의 형태들.

매몰된 일상에 갇혀서 팽개치다시피 했던 존재의 질료들. 잊어버려도 그만인 것을, 우리는 왜 굳이 복기하려는가. 새롭고 산뜻한 것이 넘쳐나는 만능의 물질 시대에, 첨단의 유행이 급물살을 타는 초스피드 시대에 '아무것'도 아닌 걸 왜 버리지 못해 부여잡고 애면글면하는가.

복고풍도 아니고 페티시즘도 아니라고 항변하고 싶지만, 손때 묻은 옛 물건에 애착하는 습성까지는 숨길 수가 없다. 거기에 새겨진 우리들 삶의 흔적마저 지울 수 없기 때문이다.

아우구스티누스는 인간의 기억하는 능력을 통해서, 흘러가버리고 마는 삶과 시간의 파괴성을 극복하고 결코 사라지지 않는 자기를 확보할 수 있다고 했으며, 그런 상기의 힘은 구원으로까지 연결된다고 했다. 그렇다, 여기 모인 사물들은 오랫동안 잠가놓았던 우리들 심연의 세계로 다시 들어가는 문고리이며 스위치이다.

빈티지 취향이면 어떠랴? 지난 시간들이 문득 그리워질 때 기억과 추억 속의 애장품들을 더듬어 클릭을 하고, 로그인한다.

격물치지(格物致知), 하찮게 생겨먹은 그것 하나에도 타고난 진면목이 있겠고, 세상의 그물코에 걸린 뜻이 있겠거니. 모든 물상(物象)이 다 귀하고 소중함을 알아가는 것도 이 책을 함께 내면서 얻게 된 우리들의 큰 성과라고 할 수 있겠다.

2019년 봄에, 필자 일동

차례

문득, 로그인

유시연

하늘 항아리

여행지에서 보내는 엽서

유시연

강원도 정선에서 태어났다. 동국대학교 예술대학원을 졸업하였으며 2003년 동서
문학 신인상을 받았다. 소설집 『알래스카에는 눈이 내리지 않는다』, 『달의 호수』,
장편소설 『바우덕이전』, 『공녀 난아』 등 다수 있다. 정선아리랑문학상, 현진건문학
상, 경남스토리공모전 수상했다.

하늘
항아리

'장 담그는 아낙네'. 명함에 쓰인 선자 씨 별명이 그랬다. 유구라는 지명과도 참 어울린다 싶었다. 선자 씨는 구청 문화원 클래식기타반에서 처음 만나 '벨로체 기타 앙상블' 멤버로 함께 활동한 사이였다. 그때도 열렬한 환경론자이더니, 결국 시골로 내려가 친환경 농사를 짓고 있었다. 낙향한 이듬해 초봄 선자 씨 부부가 나들이길에 메주 열 덩이를 싣고 우리 집을 찾았다. 농약을 치지 않은 콩으로 메주를 쑤어 잘 말린 그들 부부의 작품은 얼마 후 황금색 된장으로 탈바꿈했다. 된장의 빛깔과 맛이 기가 막혀 지인과 친척들에게 다 퍼주고 나니 남아 있는 게 없었다. 우리 부부는 일 년을 참다가 그들을 직접 찾아가기로 한 거였다.

마곡사 표지판을 보며 구불구불 산길을 달려 도착한 그녀 집 '지족당'은 보기 좋은 한옥이었다. 도편수가 직접 지은 거라더니 정말 그럴 만했다. 이런 집이라면 뭔가 기념하지 않을 수 없다 싶어 승용차 트렁크에 실어온 기타부터 꺼냈다. '벨로체'에서 나온 뒤로 우리는 함께 연주를 해본 적이 없었다. 당연히 화음이 엉망이었다. 그래도 우리의 이중주는 처마 끝에 밀려드는 봄볕의 따스한 기운과 잘 어우러지는 것만 같았다. 자연히 포크송으로 이어졌고, 그러는 사이 식사 준비는 선자 씨 남편의 몫이 되었다. 친환경으로 농사지은 잡곡밥과 김치, 산나물, 장아찌, 된장국으로 맛있는 밥을 먹었다.

선자 씨 부부는 처음에 '우프(WWOOF)'의 도움을 받아 농장을 개척했다. 3천여 평이나 되는 공간이라 노동력도 필요했고 친환경이라는 의미를 살리는 일도 중요했다. 우프는 단기간 노동을 집중하는 방법으로 친환경을

문득, 로그인

실천하는 운동이었다. 프랑스, 이탈리아, 독일, 캐나다, 호주, 대만, 태국 등에서 온 우퍼(wwoofer)들이 짧게는 일주일, 길게는 한 달간 머물면서 농장 일을 도와주었다. 뜻하지 않게 '우퍼 호스트'가 된 선자 씨 부부는 처음에 걱정이 많았으나 그들의 하나같이 깨끗한 매너와 부지런한 행동에 적잖이 감동했다.

화가 친구들끼리 온 프랑스 우퍼들과는 함께 산나물을 뜯어 된장국에 비벼 먹으며 아주 친해졌다. 프랑스에 돌아간 그들은 전시회를 열 때 한국의 산하를 그린 작품을 내걸어 호평을 받았다는 소식을 전해왔다. 그들은 우프를 마감한 뒤에도 또다시 찾아와 일주일간이나 머물다 가기도 했다. 그중 여드름 자국이 무성한 한 아가씨는 산나물과 김치 된장국을 즐겨 먹더니 돌아갈 무렵에는 여드름이 없어지고 피부가 뽀얗게 되었다며 좋아했다.

우퍼들은 콩밭 매기, 옥수수 따기, 땅파기 등 시골에서 하는 모든 노동을 한다. 일당이나 주급은 없고 먹여주고 재워주는 것으로 노동력과 맞바꾼다. 일이 몰리는 계절에 노동력을 쓰는 계절노동자도 이와 비슷하지 싶다. 영

유시연 _ 하늘 항아리

화 〈부르고뉴, 와인에서 찾은 인생〉에서는 프랑스 부르
고뉴 지방의 어느 포도 농장의 사계가 펼쳐진다. 포도 수
확철에 각 지역에서 사람들이 몰려들어 포도를 따고 와
인을 만드는 이야기가 인간과 자연이 어우러져 이루는
이중주처럼 흐른다. 계절노동자인 이들은 한 달 혹은 몇
달간 일을 하고 마지막 날에는 농장 주인이 베푸는 성대
한 와인 파티의 주빈이 된다. 우퍼들의 주인인 선자 씨도
그러고 싶었다. 우퍼 중에는 떠나는 날 숙소의 세면대 물
기까지 싹 닦아놓는 이도 있었고, 심지어 이불 홑청을 빨
아 널고 가는 이도 있었다. 게다가 그들을 상대하다 보니
영어 실력도 꽤 늘었다.

정월대보름이 지나자 햇볕이 푸근해졌다. 선자 씨에게
주문한 메주 열 덩이가 도착했는데 12간지 중 네 발 달린
짐승의 날, 곧 말날을 기다려 메주를 띄웠다. 예부터 눈
녹은 물을 길어 메주를 띄우는데 눈이 귀한 남쪽이라 수
돗물을 미리 받아두었다가 이틀 지나 간수 빠진 천일염
을 풀었다. 선자 씨가 보내준 옻나무를 바닥에 깔고 메주

열 덩이를 넣고 소금물을 붓고 건고추와 숯을 넣어 대나무로 눌러주었다. 집안 대대로 물려받은 옹기는 펑퍼짐한 모양이라 햇볕과 바람이 머물다 가기에 넉넉하다.

옹기는 지역마다 모양이 다르다. 강원도 지방이나 추운 중북부 지역은 키가 크고 길쭉하다. 고산지대에 알맞은 형태이다. 반면에 남쪽의 옹기는 키가 작고 펑퍼짐하다. 내 장독간에는 길쭉한 옹기와 둥그렇고 펑퍼짐한 옹기, 두 가지 항아리가 있다. 모든 권력이 남성의 손아귀에 있을 때 장독간만이 여성의 자유로움과 상상을 보장하는 곳이었다. 기쁨과 슬픔, 희로애락이 머무는 장독간은 여성들의 방이며 성지였다.

소금물이 진해지고 구수한 맛이 나는 늦은 봄이나 초가을이면 된장을 가른다. 메주를 꺼내어 치대기를 하여 항아리에 꾹꾹 눌러 담아 볕이 잘 드는 곳에 놓아둔다. 간장을 달여 된장 옆에 세워두면 햇볕과 바람이 숙성시켰다. 간장에는 하늘이 담겼다. 흰 구름이 떠 있고 바람이 들여다보았다. 바람과 햇볕과 비와 곤충의 노래와…… 세상의 만물이 항아리에 깃든다. 우주의 생명을 품고 간장과 된장은 익어갔다.

애물단지 옹기가 보물단지가 되면서 집안 곳곳에 굴러다니던 그 많던 옹기는 어느 사이 사라졌다. 오지 항아리는 돈을 주고 사기에는 금액이 고가라 망설여진다. 그 흔한 옹기를 간수하지 못하고 여기저기 내돌린 것을 생각하면 후회가 밀려온다. 옹기가 필요해서 막상 사려면 기십만 원씩 한다.

아주 오래전, 짐승과 인간이 영역의 경계가 혼재되던 시기 여인들은 먹거리를 보관하는 문제가 최대 과제였을 것이다. 원시를 지나 문명의 시대를 열면서 음식을 담는 용기가 만들어졌음에도 최고의 발명인 옹기는 하늘이 내린 도구라고 해도 부족함이 없다. 하늘과 바람과 햇볕이 머무는 옹기는 하늘 항아리라고 이름 붙여도 손색이 없다.

하늘 항아리에 바람과 햇볕이 내려앉았다. 맛있는 된장이 익어가려면 숙성의 시간, 인내와 기다림의 시간이 필요하다. 자연과의 관계나 사람과의 관계도 숙성과 기다림을 통하여 성숙하고 넉넉해지리라.

여행지에서 보내는
엽서

시에나 광장 잔디에 앉아 엽서를 쓰는 내 손이 떨렸다. 짧은 안부를 전하는 내용에 유치한 표현과 감상이 넘쳐 났다. 생활을 벗어났다는 이유만으로도 자유로운 상상과 여유를 부렸다. 엽서는 여행지에서 돌아온 후 한참이나 지나서야 수신자에게 안착했다. 10대의 수학여행에서 썼던 내용을 복사한 듯한 문장을 나는 지인의 카페에 앉아 그녀에게 전해진 엽서를 읽으면서 오글거리는 심경으로 확인했다. 이미 일상으로 복귀한 나에게 시에나의 문장은 먼 세계에서 노니는 그들만의 유희였다.

펄 벅의 소설『북경에서 온 편지』를 읽으면서 까마득한

날에 나는 많은 편지와 엽서를 썼다는 사실을 기억했다. 여행자의 낭만에 취해, 이국의 정취에 젖어, 낯선 풍경에 매료되어 써 보낸 편지들. 그것들은 지금 불쏘시개가 되었거나 깊은 서랍 속에서 먼지와 함께 낡아가고 있을 것이었다.

펄 벅의 소설에 등장하는 인물인 '나'는 버몬트 산악지방의 한적한 마을에서 북경에 두고 온 남편 제럴드의 편지를 기다리며 일주일을 보낸다. '대부분의 잎사귀가 붉은 황금빛으로 물들고 아치형으로 늘어진 단풍나무 아래의 시골길을 걸어' 우편배달부를 만나기 위해 집을 나서는 인물은 다른 세상으로부터의 편지를 기다리던 20대의 나를 떠올리게 했다. '마침내 눈부신 가을 햇볕에 몸을 태우는 단풍나무 그늘에서 혼자가 되어서야' 봉투를 뜯는 등장인물의 마음처럼 아무도 없는 공간을 찾아 담장 옆에서, 혹은 사과나무 그늘에 앉아 편지를 읽던 시간은 은밀하고도 매혹적인 나만의 시간이었다.

엽서는 카페 주인 부부와 여동생 란과, 세라피나 수녀님에게 전해졌다. 그들은 소식을 받고 기뻐했으며 내 안

문득, 로그인

부를 염려했다. 3주간의 여행이 끝나 카페 '산책'에 들렀을 때 엽서는 오지 않았고 일주일 후에야 나타났다. 나는 엽서 쓰기를 30년간 잃어버렸다. 어쩌다 책장 정리를 하다가 오래된 엽서를 발견하면서 풋풋했던 시절을 향해 마음은 달려가면서도 끝내 그 일을 다시 시작할 엄두를 못 낸 채 날이 가고 달이 갔다.

무엇이 나로 하여금 그 즐거웠던 일들을 잊게 하였는지, 무엇이 행복했던 열정을 가져가버렸는지 이해하지 못한 채로 현실에 고착되어 살고 있는 자신을 돌아본다. 카페 주인 부부에게 보낸 엽서를 탁자 위에 올려놓고 나는 내 잃어버린 날들을 추모했다.

저는 지금 시에나에 머물러 잔디밭 광장에 앉아 이 편지를 씁니다.

집 떠난 지 열흘째, 제 인생의 가장 느린 시간을 관통하는 듯합니다.

고대의 시간에 잠시 멈추어 서서 인생을 돌아봅니다.

슬픔, 고통, 기쁨의 순간마저도 아득히 멀어진 경계 저 너머 세상인 듯 마음이 가볍습니다.

육신의 고생보다 정신의 풍요가 제 영혼을 살찌우는 느낌입니다.

저희는 이제 폼페이, 포자, 로마로 향하는 길 위에 있습니다.

만날 때까지 평안하십시오.

배낭을 메고 느리게 보낸 여행 중에도 가슴속 한 군데에 풀지 못한 숙제가 있었다. 로버트 프로스트의 「가지 않은 길」처럼 한때 그 길을 끝까지 가지 못한 부채감이 평생 나를 지배했다. 귀국하기 전, 나는 오래전에 '잃어버린 길을 찾아서' 수녀원을 방문했다. 콜로세움과 가까운 비아 거리에 있는 수녀원은 내 생애의 열정이 숨어 있던 곳이었다.

미리 입수한 정보가 달라져서 잠시 당황했다. 어디인가로 인터폰을 걸던 프론트의 중년 여성은 한국인 수녀가 본국으로 귀국했다고 알려주었다. 난감해하는 내 표정을 보고 그녀는 조금 있으면 한국말을 하는 수녀가 내려올 거라고 말했다. 호기심과 기대에 가슴이 터질 것 같았다.

"레아, 어서 와요."

베일 밖으로 보이는 흰 머리카락의 수녀가 활짝 웃으며 다가왔다. 한순간 나는 그녀를 알아보았다. 30여 년 전 청원기 시절을 같은 공동체에서 보낸 스페인 수녀 이냐케였다. 우리는 힘차게 포옹을 했다. 이냐케 수녀와 같이 다가온 또 한 명의 다른 수녀와는 입으로 쪽 소리가 나는 볼키스를 두 번이나 했다.

"수녀님, 저를 기억하시겠어요?"

"그럼요, 레아를 왜 모르겠어요."

뒤에 뻘쭘하니 서 있던 남편을 소개했다. 오렌지와 자몽 주스를 앞에 놓고 앉아 우리는 과거와 현재를 오고 갔다. 40대의 수녀와 20대 중반의 청원자가 함께 흰 머리 늘어나는 모습으로 다시 만나게 될 줄은, 그것도 본원인 로마에서 만나게 되리라고는 상상할 수 없었다. 기타와 피아노를 치며 노래를 부르던 그녀는 아름다운 스페인

처녀였다. 평생 예수의 신부(新婦)로 살아온 그녀는 80세 나이에도 여전히 수줍고 고운 모습으로 조용히 살고 있었다.

로마 수녀원이 처음인 나에게 이냐케 수녀는 구석구석 작은 성당, 대성당, 창립자 어머니 묘지를 안내했고 오렌지 정원을 소개했다. 초기 예배당으로 사용하던 작은 성당에 창립자 수녀원장의 석관이 놓여 있었다. 석관 앞에 무릎을 꿇고 잠시 묵상을 했다.

수녀원 성당에서 함께 저녁 미사를 드릴 때 시간이 강물처럼 흐르는 것 같았다. 고요한 찬미가가 흰색 대리석 벽에 부딪혔다가 허공에 잔잔히 퍼져나갈 때 수녀들이 부르는 느린 선율의 성가가 물결처럼 찰랑이며 흘러가는 듯했다. 그 순간 구부러지고 휘어진 내 인생의 강이 보였다. 순탄하지 않은 물길이었다. 때때로 바위에 부딪혀 배가 뒤집어지고 거꾸로 흘러갔어도 결국 이 시간, 이곳에 정박하기까지 길고 긴 항해였다. 남편 아오스딩이 마라톤으로 로마 시내를 뛰어다니는 이틀 동안 나는 수녀원에서 혼자만의 시간을 가졌다. 수녀원 대성당에서 성체 조배를 했다. 지나간 인생이 한순간 빠르게 스쳐 지나갔다.

총장 수녀의 허락으로 점심 저녁 식사를 수도 공동체와 함께 했다. 식사가 끝나고 총장 수녀의 요청으로 방명록 노트에 소회를 적었다. 예전, 한솥밥을 먹던 신분으로 몇 줄 남겨달라고 했다. 생각할 틈도 없이 그냥 솔직하게 한 페이지를 썼다. 이냐케 수녀가 옆에 서서 거들었다. 기억도 못 하는 연도를 그녀가 불러준다.

X pre-novice FMM 1983 Lea Yu.

다음 날 아침, 수녀들이 교황을 알현하러 단체로 외출한 뒤 남아 있던 이냐케 수녀와 작별을 한다. 따뜻하게 포옹하며 아쉬운 이별을 고한다.

"일생 동안 여기를 기억하세요."

"일생 동안 여기를 기억할 거예요."

이냐케 수녀가 말하고 내가 대답한다. 현관문 앞에서 그녀는 오래오래 미소를 띠며 배웅을 했다.

돌아온 후 한참 지나서 이냐케 수녀에게 편지를 썼다.

　이냐케 수녀님께

　수녀님을 만나고 헤어진 지 벌써 두 달이 훌쩍 지났습니다. 진작 편지를 드린다는 게 번잡함 속에 사느라 이제야 소식을 전합니다. 봄꽃 피는 4월, 로마에서 수녀님을 만났을 때 제 인생의 시간이 그 순간 멈춰버렸습니다.

　얼마나 놀라고 기쁘고 설레었던지…… 함께 밥을 같이 먹고 생활을 같이 하던 30여 년 전 수녀님을 만났는데 이건 분명히 하느님의 놀라우신 섭리가 있지 않았을까, 그런 생각을 했습니다.

　기쁘게 맞아준 수녀님과 총장 수녀님, 자매 수녀님들 모두 모두 고맙고 감사합니다. 한국은 지금 가뭄이 지나고 장마가 이어지고 있습니다. 뜨거운 태양이 내리쬐다가 소나기가 쏟아지다가 다시 대지를 태워버릴 듯한 햇볕이 강렬하게 내리꽂힙니다.

풀은 무성하게 자라고 감나무 잎이 윤기를 더해 갑니다. 감나무 백 그루와 들메나무 백사십여 그루를 키우는 밭에는 잡초가 무성합니다. 창밖에는 빗방울이 허공에 이리저리 떠다닙니다.

수녀님, 그날 뵈었을 때 시력이 좋지 않다고 하셨는데 수술은 잘 하셨는지요. 수녀님이 건강한 모습으로 일상을 이어갔으면 합니다.

한때 청원자로 살다가 신의 부름에 응답하지 못하고 속세로 나와 온갖 우여곡절을 겪으며 지내다 보니 어느 사이 저도 불혹을 지나고 하늘의 뜻을 이해한다는 지천명을 살다가 이제 이순을 바라보는 나이가 되었습니다. 동양에서 귀가 순해진다는 이순은 생의 한 바퀴를 돌아 나와야 터득하게 되는 이치인가 봅니다.

로마 수녀원 성당에서 십자가를 바라보며 앉아 있는데 제 지나온 인생이 한순간에 영사기 필름처럼 돌아가며 찰나의 순간을 경험했습니다. 인간의 하루는 신의 시간으로 계산할 수 없는 짧은 시간일

유시연 _ 여행지에서 보내는 엽서

수도 있겠다는 생각을 합니다. 하느님의 하루는 인간의 전 생애와 맞먹는 것이 아닐까요. 천 년도 당신 눈에는 지나간 어제 같고…… 하는 시편이 있듯이 말입니다.

늘 마음속에 로마 수도원을 품고 살았습니다. 때때로 삶이 팍팍할 때 수녀원의 수련기보다 현실이 더 긴장되고 엄격한 게 아닌가 하는 의문도 들었습니다. 그러나 이제 저도 한세상을 다 살아낸 듯 기력이 떨어지고 모든 사물에 대해 조금은 너그러워졌습니다. 인간의 욕심과 욕망에 대해서도 너그러워졌습니다.

수녀님, 저는 한국에 돌아와 즐거운 추억 한 가지가 생겼습니다. 로마에서 머문 시간은 제 인생을 통틀어 회자정리한다는 그런 느낌이 들었습니다. 이제 남아 있는 나날이 얼마나 될지는 모르지만 지금 이 순간을 감사드리며 기쁘게 살아가렵니다.

수녀님, 다시 만나서 반가웠습니다. 건강 회복하시고 기쁘고 행복한 나날 보내세요.

문득, 로그인

먼지 앉은 서랍장에서 나는 가끔 오래된 편지나 엽서를 발견한다. 여행지에서 보낸 엽서의 내용을 읽으며 기억의 마술을 떠올린다. 아득히 먼 시간 저 너머에서 있었던 일들, 가지 않은 길, 그 사건들을 통해 현재의 내가 있음을, 그리하여 '잃어버린 시간들'도 무위가 아니었음을 일깨워준다.

유시연 _ 여행지에서 보내는 엽서

이신자

텔레비전과의 이별

내가 술을 포기할 수 없는 이유

이신자

서울 연희동에서 태어났다. 가천대학교 대학원에서 국어교육학을 전공하였고 현재 초등학교에서 논술과 글쓰기를 가르치고 있다. 2012년 계간지 『서시』에 소설을 발표하였다.

텔레비전과의
이별

어느 날, 텔레비전은 나의 집에서 추방됐다.

10년 넘게 잘 작동되던 텔레비전이, 화면이 켜지기까지 5분 정도가 소요되기 시작하면서 나는 텔레비전에서 해방될 날을 점차 설계하기 시작했다. 40년 넘게 텔레비전과 함께해온 삶이 지겨워지기도 했거니와 커다란 몸체를 지니고 있는 그 가전제품이 새삼 낯설어지기 시작했기 때문이었다.

어느 날부터 텔레비전은 씨름 선수처럼 거대한 덩치와 시커먼 얼굴로 나를 압박했다. 주 시청자였던 내 머리와 몸을 통째로 삼킬 것처럼 위압적인 느낌을 주기도 했다.

하지만, 무엇보다 텔레비전은 집안 분위기에 맞지 않았다. 생애 두 번째, 내 소유가 된 낡은 아파트에 나름대로 진한 애착을 갖기 시작해서 페인트를 칠하고 패브릭 액자를 만들어 걸고 곳곳에 손수 가꾼 화초를 배치하기 시작하면서 납작한 앞태와 짱구처럼 툭, 튀어나온 뒤태를 지닌 데다가 쓸데없이 커다랗기만 했던 그것의 몸체는 자리만 차지할 뿐, 다른 소품들과 어울리지 못하고 겉돌기만 했다. 그것은 점차 나에게 애물단지로 전락하기 시작했다.

그즈음 마침, 텔레비전은 주인의 마음을 눈치채기라도 한 듯 지병을 얻어 시름시름 앓기 시작했다. 스크린에 영상 나타내기를 주저하기 시작한 것이다. 발병 초기에 텔레비전을 켜면 1분 정도 영상과 소리를 보여주기를 지체하던 것이, 날이 갈수록 그 텀이 길어지더니 급기야 어느 날 소리와 영상을 블랙홀처럼 삼켜버렸다.

나는 10년 넘게 나와 동고동락한 텔레비전 기기에 잠시의 애도를 보인 다음 향후 새 텔레비전을 장만해야 할지 말지에 관하여 깊은 고민을 하기 시작했다. 40년 동안 텔레비전을 친구 삼아 지내던 내가 텔레비전 없이 살 수 있을까. 쉽지 않은 결정이었다. 집 담보 대출금이 남은 상태에서 그것을 새로 장만하기에 소요되는 적잖은 경비는 차후의 문제였다.

40년 동안 내게 절친 노릇을 해주었던 텔레비전을 떠나 보내야 할까, 아니면 오래 묵은 절친을 버리고 새롭고 다양한 친구들을 사귀기 위해 노력해야 할까에 대하여 고민하고 골몰한 끝에 나는 텔레비전이라는 절친을 버리기로 했다.

절친이었던 텔레비전을 먼저 버린 쪽은 나였지만 그 깊은 변절의 주된 속사정은 따로 있었다. 애초에 텔레비전은 점차 내게 등을 돌리고 있었던 것이다. 그 불편한 징후를 깨닫기까지 10년의 세월이 걸렸다. 처음에 나는 그 황당한 현실에 당황하기 시작했다. 혼동이 일기도 했다. 내가 먼저 변심을 한 것일까. 텔레비전이 먼저 배신한 것일까……

오랜 절친을 만나는 주된 목적이 즐거움만 추구하기 위해서는 아니지만 그래도 어느 정도의 즐거움과 보람과 도움을 얻을 수 있어야 차후 만나고 싶은 마음이 들기 마련이었다. 하지만 텔레비전은 더 이상 내게 공감을 주지도 못했고 소소한 즐거움을 주지도 않았다. 그리 큰 기대를 하지 않았던 얄팍한 보람조차 안겨주지 않았다. 급기야 그것은 보고 있자니 허무한 시간만 흘려보내는 듯하고 안 보자니 허전한 존재로 전락했다.

어느 날의 토요일, 수면바지 차림의 나는 6개월마다 바뀌는 걸그룹들의 현란한 군무를 흉내내보려다 허리와 둔부에 부담을 느끼고 내가 지른 단말마의 비명에 스스로 깜짝 놀라다가 심오한 고민에 빠지기 시작했다. 식상한 그와 나의 갈등이 첨예화되었을 때 그 실책을 상대에게 전적으로 전가하지 않기 위해 나는 끝까지 최선을 다하고 싶었다.

상대를 버리고 후회하지 않기 위해 나는 다시 한번 재고해보기로 했다. 그의 문제점을 곰곰이 생각해보았다. 어찌 됐든 선택의 칼자루를 쥐고 있는 쪽은 고소하게도 나였기 때문이었다.

　내가 그에게 식상함을 느끼게 주된 요소는 드라마였
다. 드라마 속에 등장하는 인물들은 지극히 비현실적이
었다. 불륜, 막장, 지나친 우연, 가난한 여자와 부자 남자
의 지난한 사랑과 그 사랑에 훼방꾼으로 등장하는 남자
의 부유한 엄마를 반복적으로 다루는 진부한 스토리는
부록이었다.

　드라마에는 이분법적인 사람들만이 존재한다. 선한 사
람과 악한 사람은 한 치의 오차도 없이 구분되어 스토리
를 이끌어간다. 드라마를 보고 있는 것이 아니라 마치 권
투 경기의 한 장면을 보는 것 같은 느낌이 들기도 한다.
우리 편과 상대편이 치고 박고 싸우는 불편한 장면을 억
지로 보고 있는 내 모습에 자괴감을 느낄 정도였다. 드라
마는 반드시 선한 사람이 이기게 되어 있는 뻔한 결말을
교묘하게 감추고 질질 끌며 시청자들의 진을 빼기에 이
르렀고 어느 정도의 성과를 거두고 나면 책임감 없는 종
결로 급전직하하여 피로감에 지친 시청자들의 뒷목을 잡

게 했다.

다양한 사람들이 등장해서 개인사를 쉴 새 없이 털어놓는 오락 프로그램은 내 호기심과 관찰력을 30초 이상이끌어내지 못했고, 이전에는 그나마 6개월을 버티던 아이돌 그룹들이 한 달 단위로 바뀌고 내가 가르치는 아이들의 얼굴과 이름을 익히기에도 버겁던 나의 두뇌를 벅차게 하던 어느 날, 나는 미련 없이 텔레비전을 버리기로작정했다.

절친이 차지했던 공백을 메우는 것은 어렵지 않았다. 책과 글쓰기와 인터넷과 라디오는 쉽사리 그 공간을 메워주었다. 인터넷으로 보는 신문 기사는 스마트폰을 손에 쥐게 된 이후로 세상과 소통하는 전용 창구가 된 지이미 오래였다. 덤으로 얻은 수확은 라디오였다. 때때로집안일을 하는 틈틈이 듣는 라디오는 텔레비전 못지않은즐겁고 소소한 취미가 되었다.

그러던 어느 날 나는 인터넷 동영상 사이트인 유튜브에서 드라마 〈전원일기〉를 보게 되었다. 1980년대에 방영되었던 〈전원일기〉 한 편은 2000년대를 사는 나에게 신선함을 주었다.

그것은 지난날의 단순한 추억을 그리워하는 감정과는 달랐다. 1980년대의 농촌 풍경과 젊었던 배우들의 아름다운 모습과 지금은 낡아 버려졌던 내 어릴 적 추억이 묻은 소품들 때문만은 분명 아니었다. 어떤 것인지 알 수 없는 이유가 나를 그 드라마에 빠지게 만들었다. 나는 원인 모를 이끌림으로 80년대의 〈전원일기〉를 찾아 시청하기 시작했다. 밥을 먹으면서도 보았고 불면으로 뒤척이는 밤이면 그것을 보며 낮에 다친 마음과 백 가지가 넘는 자잘한 번뇌를 위무했다.

수업이 없는 날이면 갖가지 천을 잘라 소소한 물건들을 제작하기 위해 손바느질을 하면서 〈전원일기〉를 시청하는 일을 큰 즐거움으로 여기던 어느 날, 나는 나의 또다른 모습을 발견했다. 내 기호(嗜好)의 반전이었다. 내게 재미나는 스토리는 오직 책이나 공들인 영화로 만족되는 것으로 여겼었다. 하지만 나는 80년대의 〈전원일기〉를 보면서 내가 드라마를 싫어한 것이 결코 아니었다는 것을 발견할 수 있었다. 드라마야말로 저렴하고 손쉽게 얻을 수 있는 오락거리이자 부담 없는 취미가 될 수 있다는 사실을 새삼스럽게 깨닫게 되는 것은 어렵지 않았다.

2000년대에 어른이 되어 시청하는 〈전원일기〉와 80년대에 국민학생 어린이가 보았던 〈전원일기〉는 분명 다른 느낌이었다. 국민학생의 나는 매주 화요일 저녁이면 엄마와 함께 〈전원일기〉를 보았다. 나름 번잡한 바깥 일과 집안일에 치여 드라마를 볼 잠깐의 짬도 내기 어려웠던 엄마였지만 매주 화요일 저녁이면 '저녁일기'(당시 엄마는 '전원일기'를 '저녁일기'라고 불렀다)를 찾아 꼭 시청했다. 국민학생의 어린 눈에 비춰졌던 〈전원일기〉는 사실 어떤 느낌이었을지 정확하게 기억하지 못한다. 하지만 그로부터 30여 년이 지나 나이를 먹고 찾아본 〈전원일기〉에서는 특별할 것 없는 지극히 평범한 사람들이 이야기를 이끌어나간다.

척박한 농촌의 삶을 꿋꿋하게 이겨내고 있는 농부들의 삶이 주된 주제였지만 나는 이 드라마에서 또 다른 매력을 발견한다. 그 속에는 내가 살고 있었고 내 가족이 살고 있었고 나의 친척이 살고 있었고 오래전에 사귀었던 친구들이 살고 있었다. 나이가 들어가고 세상을 알아가면서 잃었던 오랜 친구들을 다시 만난 것처럼 반가웠다. 마치 밥으로만 채울 수 없었던 허기를 채워주는 것 같았다. 그렇게 나는 마음속의 공허함을 그 드라마로 메워가고 있었다.

그럼에도 불구하고 나는 텔레비전을 다시 친구로 맞아들일 마음은 아직 없다. 향후로도 그것은 변함이 없을 것 같다. 나의 작은 일상에선 볼 것과 들을 것과 읽을 것이 넘쳐 흐르고 그것을 보고 느끼고 냄새 맡고 생각하는 것만으로도 무척 분주하기 때문이다.

앞으로도 〈전원일기〉와 같은 드라마가 텔레비전에 방영된다 해도 다시 텔레비전을 장만할 생각을 없을 것 같다. 나는 드라마보다 책을 좋아하고 책보다 글쓰기를 더욱 보람되게 여기기 때문이다. 식상한 드라마라도 보면서 공허한 삶을 채워나가길 소원하는 불쌍한 영혼들을 위무해줄 재미있는 책을 나 또한 만들어보겠다는 욕심을 나는 매일매일 꿈꾸기 때문이다.

문득, 로그인

내가 술을 포기할
수 없는 이유

주정뱅이 클럽의 집결일은 매주 월요일이었다. 그것은
멤버 중 한 명의 적극적이고 일방적인 주도로 모집된 반
강제적 모임이었다. 그는 나보다 여덟 살 많은 후배였고
매번 술값을 계산했다. 소띠 후배의 즉흥적인 제안은 매
주 월요일에 이루어졌고 우리는 백 퍼센트의 출석률을
자랑했다. 나이 많은 후배의 청을 거역하기 어렵다거나
매주 적지 않은 술값을 계산해준다고 해서 모인 것이라
고만은 할 수 없었다. 공산주의 독재체제도 아니지만 그
모임에 결석을 하면 인민재판에 준하는 비판이 기다리고
있을 것 같았다.

어느새 우리들의 심중에는 단단한 결집력이 자리잡게 되었고 멤버들은 매주 월요일 저녁을 자연스럽게 비워두는 지경까지 갔다. 새벽 두세 시까지 이어지는 술자리를 단 한 명의 도망자나 낙오자도 없이 굳건하게 지켰던 구성원들은 여타의 모임에 비한다면 매우 돈독하고 지조 있고 사랑과 의리가 넘쳐 보였다. 우리의 눈에 보이지는 않았지만 주정뱅이들의 단란하고 견고한 프레임에 귀엽고 상큼한 후배들은 해사한 얼굴을 수줍게 들이밀었다가도 지레 떨어져나가 버리기도 했다.

하지만, 역시 시작은 창대하였으나 끝은 미약하게 끝나게 된 주정뱅이 클럽의 돈독함은 6개월을 정점으로 서서히 스러지기 시작했다. 하나둘씩 결석을 보이던 멤버들의 빈자리가 별로 아쉽지 않게 여겨지던 어느 날, 주축이 되었던 소띠 후배의 미국 이민으로 모임은 영 끝나버렸다. 대한민국에서 사라진 그의 존재는 주정뱅이 클럽의 존재까지 부재하게 되는 결과를 초래했다. 우리는 어떤 사명까지는 아니지만 그동안의 우정과 외로움과 문학

문득, 로그인

에 대한 피상적인 갈급을 다독이고 지킬 의무를 충분히 충실하게 이행하였다는 나름의 성취감을 끝으로 여한 없이 헤어졌다.

10여 년이 지난 지금에 와서 서로의 안부조차 함구할 정도로 멤버들은 조용하다. 그토록 굳건했던 의리와 지조는 오간 데 없고 각자 열심히 잘 살고 있을 것이라고만 마음속으로 위무할 뿐 서로의 안부에 대해 그닥 알려 노력하지도 않을 뿐만 아니라 궁금해하지도 않는다.

그렇다고 각자의 마음에서 주정뱅이 클럽 시절의 모습을 부정하거나 혐오하거나 부질없는 시간들로 치부해버리는 것은 아닐 것이다. 나름대로 찬란하게 빛나는 시절이었고 번득이는 아이디어가 넘치는 시절이었고 술이 주는 중독성과 흥분과 마취로 일어나는 감흥과 관능과 사랑스러움으로 결핍과 연민을 채워가는 시간이었다. 그 모든 이유를 통틀어도 우리가 문학이라는 공통된 관심사로 모였다는 것은 부정할 수 없는 사실이었다. 비록 모임의 즉흥적인 명칭은 주정뱅이 클럽이었지만 차마 그토록 사무치게 경외시하는 문학을 입에 올릴 수 없는 송구함

의 대체적 표현이었을 뿐, 모임의 취지는 단순한 음주만
이 목적은 아니었던 것이다.

　나는 한동안 빨간 뚜껑의 소주를 즐겨 마셨다. 중국
음식을 먹으면서 간혹 고량주를 즐길 정도로 독주를 찾
는 편이었지만 결국 진정한 술꾼은 되지 못했다. 한때
주정뱅이 클럽의 멤버로 위용을 자랑하던 내가 술꾼의
기준에 한참 뒤떨어진다는 사실을 발견하고 인정하기
까지 30여 년의 시간이 필요했다. 깨달음의 동기는 간단
했다. 오랜 술친구이자 문우인 대학 동기와 함께 참치
회를 안주삼아 깐 소주병이 일곱 병을 넘긴 날 새벽, 나
는 초록색의 위액을 다섯 번이나 토한 끝에 통렬한 깨
달음에 이르렀다. 나는 결코 술 체질이 아니다. 그러므
로 술꾼이 될 수 없다. 여전히 얼치기에 불과했지만 그
동안 나는 술을 잘 마신다고 착각했을 뿐만 아니라 가
소롭게도 자만까지 했다는 것이었다. 향후, 이처럼 미
친 듯이 술을 들이켠다면 나는 더 이상 이신자가 아니
라 김신자, 박신자로 성을 갈기를 넘어 광녀가 될 수밖

에 없다는 자학 속에서 뼈아픈 참회와 공고한 결심을
되새기게 된다.

차선책으로 근래 막걸리를 마신다. 그렇지만 한 잔 이
상을 넘기지 못한다. 나의 오랜 술친구들은 내가 주로 소
주를 마시고 그토록 소주를 들이켜고도 별로 취하지 않
을 뿐만 아니라 그나마 취하면 매우 귀여운 애교를 넘어
서 손발이 오그라지는 어리광을 피우는 것이 주정의 한
모습이라는 것쯤은 간파하고 있다. 하지만 그들 역시 나
의 감쪽같은 속임수를 여전히 눈치채지 못하고 있다.

30년 경력의 음주자로서 나는 결코 술을 즐기지 않았
다는 것이다. 오히려 술을 많이 마시면 목구멍으로 술이
'술술' 들어가기보다 억지로 처넣는 지경에 이르고 숙취
로 고생해서 지옥의 문턱을 갔다 온 날이 숱하다. 때문
에 언제부터인가 나는 음식으로 배를 채우고 술을 먹는
습관이 붙었다. 그들이 빈속에 폭탄주와 소주를 들이부
을 때 나는 미친 듯이 안주와 밥을 뱃속에 욱여넣고 비로
소 여유로운 자세로 술잔을 든다. 또한 상대방들이 원샷
을 할 때 함께 호기롭게 들이켜는 척하면서 두세 번에 나

뉘 마신다. 그런 다음 반드시 안주를 먹는다. 물론 진정한 술꾼들의 스텝에 발을 맞추기 위해 안주발만 세우는 눈치 없는 짓은 결코 하지 않는다. 양은 적지만 횟수만큼은 누구에게도 뒤처지지 않는다는 것을 조용하고도 자연스럽게 보여준다.

숙취의 괴로움을 겪어본 자는 공감할 수 있을 것이다. 차라리 지옥에서 전문적인 형벌로 괴로워하는 편이 수월할 것이라는 것을……. 어릴 적 〈전설의 고향〉 등에서 본 지옥의 갖가지 형벌들은 잔인하고 참혹했지만 단순했다. 그 속에는 반드시 한 가지의 공통점이 있었다. 불지옥 속에서 끊임없이 타올랐지만 결코 그 불 때문에 죽지는 않았고 생전에 낭비한 물을 모조리 들이켜 배가 남산만 해졌지만 끝까지 그 배는 터지지 않았으며 못이 촘촘히 박힌 바늘방석에 앉아서 피를 흘리고 찔린 상처에 고통만 느낄 뿐 그것이 덧난다거나 죽지는 않는다. 육체의 고통이 아무리 극심해도 형벌자는 결코 죽지 않는다. 불사신이 따로 없다. 지옥에 가면 도처에 불사신들이 도

사리고 있다. 순전히 타의에 의해서 불사신의 영욕을 누리게 된 그들의 육신은 신체에 가해지는 잔인한 형벌의 고통으로 인해 처절한 소리로 울부짖을 뿐 몇백 년이 지나도 죽지 않고 흉측한 괴로움은 끝을 보이지 않는다. 어린 시절의 그 장면은 충격이었지만 어린 나에게 하나의 깨달음을 준다. 지옥의 형벌이 노리는 궁극의 목적을 간파하고 만다. 즉, 절망은 공포보다 잔인하다. 바늘 끝만큼의 희망도 기대할 수 없는 완전한 절망만큼 정신적 형벌은 인간에게 더 이상 없다. 그 절망은 끝나지 않는 고통이다. 몇백 번의 반복되는 고통의 깊이를 익히 알고 있는 시점에서 잔인한 그 형벌은 내일도 모레도 찾아오고 향후 몇백 년을 더 견뎌내도 끝나지 않을 형벌은 계속될 것이라는 것을 깨닫게 되는 그 순간, 지옥의 형벌자들이 겪는 절망감은 극점이 될 것이다. 살을 찢고 태우는 형벌에도 불구하고 육신은 사그라지지 않음으로써 그 육신에 가해졌던 지옥의 형벌은 결국 환상에 불과했다는 것이 입증된다. 지옥이 노리는 형벌은 결국 정신의 형벌이었던 것이다. 어차피, 지옥의 형벌은 인간이 만들어냈거나 유추해냈을 뿐이겠지만 나에게 그 장면들은 두고두고 공포스럽고 충격적인 모습이었다.

숙취의 고통은 현생에서 겪는 지옥의 형벌과 비견된다. 과음이 주는 형벌이고 절제하지 못한 무모함에 대한 단죄이다. 다만, 지옥과 다른 점이라면 육체의 고통은 통렬한 반성과 참회를 동반하며 시나브로 끝을 보인다는 것이다.

지옥불과 비견될 만한 숙취의 고통까지 경험했지만, 앞으로도 술을 포기할 수는 없을 것 같다. 겨울이 끝나가는 초봄의 저녁에 소박한 산보를 마친 후에 먹는 막걸리의 첫 모금과 무더운 여름날 한껏 '히야시'시킨 병맥주를 김치냉장고에서 꺼내 유리잔에 콸콸 따라 첫 모금을 마셨을 때의 그 짜릿함과 참치김치찌개에 곁들이는 빨간 뚜껑 소주의 정겨움과 신선한 해물로 끓인 얼큰한 짬뽕에 한 모금 넘긴 고량주의 쎄한 맛을 포기하기에는 인생이 단조롭고 지루할 것 같다.

하지만, 그보다 내가 술을 포기할 수 없는 궁극의 이유

문득, 로그인

는 따로 있다. 진정한 술꾼이 될 수 없는 자격을 갖추었지만, 여전히 술자리에 참석해야만 하는 이유이다. 나는 술보다 술자리를 좋아하고 술자리보다 술친구들을 좋아하고 술친구들보다 얼큰하게 취한 술친구들이 내는 파안대소를 좋아하고 술친구들의 파안대소보다 그들의 순수한 생각과 이루어지지 못했기 때문에 더욱 동경할 수밖에 없는 이상의 설렘을 좋아하고 그들이 꿈꾸는 미래를 좋아하고 그들이 사는 소소하지만 흥미로운 일상을 좋아하기 때문이다. 한 잔의 술을 대여섯 번에 걸쳐 꺾어 마시고 상당량의 안주발을 노련하고 민첩한 손놀림으로 몰래 세우며, 그로 인해 더해진 중년 여인의 뱃살을 그들에게 끝까지 들켜서는 안 된다는 것은 물론이다.

장현숙

당신은 웃어요, 내가 꽃으로 필게

큰할아버지의 시비를 따라가다,
통일의 길목에 서서

장현숙

포항에서 태어나 경주에서 성장하다 서울로 이주하였다. 내 문학적 토양은 경주
에서의 추억에서 비롯된 듯. 이화여고 시절에는 음악 듣기와 그림 전시회를 즐겼
다. 경희대학교 국어국문학과에서 황순원 선생님을 만났다. 현재 가천대학교 한
국어문학과 교수. 여전히 유유자적 여행하기를 좋아하고 발밤발밤 걸어 자유를
지향하고 있다. 탈일상을 꿈꾸면서. 저서로『황순원문학연구』편저로,『황순원 다
시 읽기』『한국 소설의 얼굴』(18권) 등이 있다.

당신은 웃어요,
내가 꽃으로 필게

　사랑은 행복으로 가는 문을 열어주는 행운의 열쇠일까, 불행으로 가는 검은 수렁일까. 모든 인간은 사랑이 비극적 파국으로 끝날지라도 열정적인 혹은 매혹적인 사랑을 꿈꾼다. 왜냐하면 사랑이 우리를 행복하게 만들고 삶을 풍요롭게 만들어준다고 믿기 때문이다. 그래서 모든 예술에서도 남녀의 사랑을 다양한 형태로 그려낸다. 사랑이 없는 드라마나 영화는 '앙꼬 없는 찐빵'과 같이 무미건조하다.

　사랑에 관한 대표적 명화로는 영화 〈카사블랑카〉를 들 수 있다. 이 영화는 제2차 세계대전 중 나치의 눈을 피해 미국으로 가려는 사람들의 기항지인 모로코에서 시작된다. 냉소적이나 휴머니티를 가진 릭은 카페를 운영하며 살고 있다. 어느 날 여권을 얻기 위해 일리자가 남편과 함께 이 카페에 오게 된다. 옛 애인을 다시 만난 릭(험프리 보가트 분)은 갈등한다. 갑자기 이별을 통보한 채 약속 장소인 기차역에 나타나지 않은 일리자(잉그리트 버그먼 분)를 이해할 수도 용서할 수도 없었기 때문이다. 전쟁 상황하에서 파리에서 만난 두 사람은 서로를 진심으로 사랑하게 되었다. 그런데 일리자에게는 독립을 위해 투쟁하는 남편이 있었고, 죽은 줄 알았던 남편이 다시 일리자에게 돌아오게 되면서, 일리자는 남편에게로 돌아갈 수밖에 없었던 것이다.

이 영화에서는 분노와 사랑 사이에서 고뇌하는 릭의 내면 풍경과 남편과 연인 사이에서 갈등하는 일리자의 눈빛 연기가 밀도 있게 펼쳐진다. 결국 릭은 사랑하는 여인을 프랑스 레지스탕스 지도자인 남편 빅터와 함께 떠나보내기 위해 마지막 작전을 펼친다. 일리자에게는 자기와 함께 떠난다고 거짓말을 한 채, 자신의 생명줄이라

할 수 있는 통행증을 포기한 채 죽음을 무릅쓰고 두 사람을 지켜내려는 릭의 사랑은 지고지순하다. 안개가 자욱이 끼어 있는 비행장에서 두 사람은 서로를 응시한 채 이별한다. 일리자가 눈물을 머금고 릭을 바라보는 마지막 이별 장면은 지금도 나의 마음을 서늘하게 만든다.

나는 모로코 여행 중 '릭의 카페'에 가본 적이 있다. 그곳에는 아직도 이 영화의 주제곡 〈As Time Goes By(세월이 흐르면)〉가 흘러 나오고 있었다. 남편과 함께 떠난 일리자는 과연 행복한 삶을 살아갈까? 일리자가 남편을 버리고 연인을 선택했다면, 그 삶은 남편과 함께한 삶보다 더 행복했을까? 이 영화를 볼 때마다 나는 그런 의문이 든다.

나라면 누구를 선택했을까? 릭은 정염에 빠져들지 않고, 사랑하는 여인을 진정으로 이해하고 위험에서 구출하기 위해 자신을 희생한 멋진 남성임에 분명하다. 릭과 같은 열정과 용기가 없이는 진정한 사랑을 이루어내기 힘들 것이다. 그들은 일렁이는 바다를 가슴 가득 품은 채

장현숙 _ 당신은 웃어요, 내가 꽃으로 필게

살아갈 것이다. 그럼에도 불구하고 인생의 어느 한순간 찬란하게 빛났던 사랑을 추억하며 미소 지을 수 있을 것이다. 사랑이 지나간 자리에는 한 송이 들꽃이 피어, 오늘 고단한 삶을 견디는 힘이 되어줄 것이다.

열네 살 연상의 클라라를 만나 사랑하게 되면서 평생을 독신으로 살아간 브람스. 스승인 로베르트 슈만의 사후에도 클라라 슈만을 보호해주고 돌보아준 브람스의 사랑 역시 고귀하고 위대하다. 스승의 아내에게로 향한 사랑을 가슴 깊이 담은 채, 존경과 우정으로 승화시켜 자신의 사랑을 지켜나간 브람스. 스승 슈만이 정신병의 악화로 라인강에 투신, 46세의 나이로 세상을 떠나자, 브람스는 어머니와 슈만을 애도하는 레퀴엠을 작곡한다. 독일 진혼곡이라 불리는 이 곡은 19세기 종교음악의 금자탑이라 평가받고 있다.

남편을 잃고 일곱째 아이를 임신한 채 홀로 남은 클라라를 위로하기 위해 브람스는 〈피아노 삼중주곡 제1번〉을 작곡한다. 스승인 슈만이 세상을 떠나자 자신의 사랑을 클라라에게 드러내 보이기도 하는 브람스는 "사랑하기 때문에 외로워진다."라고 클라라에게 편지를 쓰기도 한다.

77세의 나이로 클라라가 세상을 떠났을 때, 브람스는 "나의 가장 아름다운 체험과 고귀한 의미를 상실했다."고 애도했다. 그리고 그도 이듬해 봄 간암 선고를 받고 클라라를 뒤따라 죽음을 맞게 된다.

스승인 슈만의 아내, 클라라 슈만을 향한 브람스의 사랑은 어떤 의미를 가졌을까. 브람스의 말대로 아름다움, 기쁨, 행복, 고귀함, 그리고 외로움이었을까. 자신의 사랑을 지키는 일이 브람스에게는 자신만의 나무 한 그루를 마음속에 내밀하게 가꾸는 일이었을 것이다. 클라라라는 나무에게 비와 해와 바람이 되어 머무는 자신을 끊임없이 응시했을 것이다. 클라라 슈만의 그림자가 되어 그녀가 언제까지나 빛나도록 자신의 자리를 지켜 나아갔을 것이다.

지난 겨울 나는 행복을 그리는 화가 에바 알머슨의 전

시회에 다녀왔다. 그녀는 소소한 일상 속에서 우리가 잘 몰랐던, 곁에 숨어 있는 행복을 찾아주는 화가라고 평가 받는다. 그녀의 그림 속에는 웃음을 머금은 인물들이 자주 등장한다. 단순화된 얼굴 속에서 눈은 상큼하게 웃고 있고 코는 기쁨에 겨워 벌름거리고 입은 천진하게 방실 거린다. 머리 위로는 빨강, 노랑, 파랑, 보라 꽃들이 만발 해 있다.

그녀의 그림에는 애완견과 고양이들도 등장한다. 식탁 앞에 둘러앉은 행복한 가족의 모습도 자주 보인다. 그녀 는 서울을 방문한 후 남산도 그려 넣고 도시의 건물도 그 려 넣었다. "왜 남자는 자주 등장하지 않느냐." "왜 대머 리가 많으냐."는 관객들의 요구에 모자 쓴 남자들도 자주 그려 넣었다고 한다.

그녀는 2016년 세계 무형 유산 등록을 위한 '제주 해녀 프로젝트'에 참여하였다. 제주 해녀의 이야기를 담은 동 화책『엄마는 해녀입니다』를 간행하기도 하였다. 한국 사 람들조차 무심히 보아온 제주 해녀의 생활과 삶을, 애정 을 가지고 기록하고 영상으로 찍고 동화책으로 엮은 그녀의 따뜻한 인간미가 경탄스럽다. 한국인이 해야 할 일을 외국인이 하다니, 나는 한국인으로서 그리고 문학인으로서 심히 부끄러웠다.

문득, 〈당신을 위한 장미 한 다발〉 앞에서 나는 멈추어 섰다. 머리에 노란 꽃을 단 여인이 코를 벌름거리고 함박웃음을 웃으며 가슴 한가득 두 팔로 빨간 장미 한 다발을 깊숙이 안고 있었다. 도슨트가 에바 알머슨에게 있어서 "사랑은 장미의 가시까지도 포용하는 것"이라고 설명해 주었다.

아하! 그렇구나. 고통 없이 피는 꽃이 어디 있겠으며, 흔들리지 않고 피는 꽃이 어디 있으랴. 당연히 사랑하는 사람의 가시까지도 껴안아야 하지 않을까. 사랑하는 사람의 고통과 상처와 가시까지도 수용할 수 있어야 성숙한 사랑으로 성장하리라. 때로는 그 가시가 견딜 수 없이 아프고, 감당하기에 벅차고 힘들지라도, 삶은 견디는 것이니까, 사랑도 견디는 것이니까, 견뎌내야 하겠지. 그러다 보면 세월이 흘러가고 뾰족뾰족 올올이 까슬거렸던 가시도 무뎌져 평화와 편안함으로 충만되는 시간도 다가

장현숙 _ 당신은 웃어요, 내가 꽃으로 필게

오리라.

영화 〈황금연못〉의 남편, 괴팍하고 표현에 서툰 노먼 같다고 꼬집었던 남편과의 결혼 생활도 올해로 38년째로 들어서고 있다. 어느덧 우리는 경계선을 넘지 않으려고 노력하고, 가능하면 간섭하지 않으려고 애쓴다. 있는 그대로의 모습을 그냥 수용하면서 서로에게 거리 두기를 시작했다. 적지 않은 세월을 동행하면서 우리도 이만큼 성숙해진 것일까. 톨스토이는 『안나 카레니나』의 레빈을 통해서 "발전과 변화와 성장이 없는 사랑은 진정한 사랑이 아니다."라고 말했다.

어느 날 내가 좋아하는 경복궁 돌담길을 걷다 불교 서점에 들어섰다. 거기서 '당신은 웃어요, 내가 꽃으로 필게'라고 새겨진 작은 한지 액자를 발견했다. 사가지고 집에 돌아와 남편 방문에 걸어주려고 했더니, 굳이 내 방에 걸어두라고 다시 남편이 가지고 왔다. 아니라고 서로 왔다 갔다 하기를 거듭하다가 결국 책장 속에 세워두고 말았다.

문득, 로그인

내가 꽃으로 피려고 수고하고 고통을 감내할 테니, 당신은 웃어요. 이 얼마나 아름다운 글귀인가. 우리도 이만큼 서로를 배려하고 서로를 아끼게 되었다는 의미일까. 이제 우리는 밥상머리에서 서로의 죽음을 대비하면서 모든 면에서 독립적으로 살아가자고, 이별을 연습하자고 자주 말하곤 한다.

평균 수명이 길어졌으니 아직 죽음을 대비하기에는 너무 이른 나이인지도 모르겠다. "혼자가 될 수 있다면 결혼은 행복한 것이다."라고 작가 은희경은 단편 「연미와 유미」에서 말했다. 서로가 서로에게 자유를 주고 독립적으로 살아갈 수 있다면, 결혼은 행복으로 가는 행운의 열쇠가 될 수 있을까. 그것이 과연 가능할까. 이 나이에도 여전히 의문이다.

그럼에도 불구하고 나는 '당신을 위한 장미 한 다발'을 가슴 깊숙이 안고 살아갈 것이다. 어차피 부부는 한 나무에 뿌리 내리고 있는 공동 운명체니까. 혹시라도 구부러진 길 저쪽 어딘가에 어둠이 깃들어 있을지라도, 절망하지 않고 숨 고르기를 하면서, 발밤발밤 신의 등불을 향해 나아갈 수 있도록 손을 잡고 싶다. '당신은 웃어요, 내가 꽃으로 필게'라고 읊조리면서.

큰할아버지의 시비를 따라가다, 통일의 길목에 서서

현숙(賢淑). 어질고 맑다. 나는 내 이름을 좋아한다. 한 학자이시며 한시인이셨던 큰 할아버지께서 지어주신 이름이다. 내 나이 또래에는 '현숙'이라는 이름이 너무 많다. 아마도 뜻이 좋아서 그러하리라. 다행히 성이 장가여서 '장현숙'은 정말 드물어서 더 좋다. 나는 어려서부터 내 이름처럼 어질고 맑게 살려고 노력해왔다. 그런데 남들이 평가하는 나의 모습은 어떨까? 엄마는 내가 마냥 착해빠지고 말이 없어서 답답하다고 말씀하셨다. 어떤 사람은 나의 첫인상을 냉정하고 무섭게 보았다고도 말한다. 학생들은 나에게 가을 하늘에 하늘거리는 '코스모스'

라고 별명을 지어주기도 했다.

코스모스 피는 강둑을 따라가면 아버지의 고향인 영덕
군 강구면 소월리에 닿을 수 있다. 넓은 바다로 흘러드는
강 하구에는 소나무 한 그루가 외로이 서 있었던 기억이
있다. 맑고 깊은 소월천에는 작은 고기 새끼들이 살랑살
랑거리고 그 강을 건너면 모래사장이 하얗게 비단 같은
살결을 내어주고 있었다. 자박자박 작은 내를 건너면 그
곳에는 땅콩밭이 넓게 펼쳐져 있었다. 어린 마음에 줄줄
이 딸려 나오는 땅콩 새끼들을 신기해하며, 비릿한 생땅
콩을 오물오물 먹었던 아름다운 기억이 있다.

큰할아버지댁 앞으로는 소월천이 흐르고 뒤로는 작은
산이 병풍처럼 둘러싸여져 있었다. 어느 가을 등잔불 밑
에서 사각 이불을 가운데 두고 여러 명이 빙 둘러 누워서
발만 넣고 잤던 기억이 아슴아슴 눈에 선하다. 그곳에는
방아깨비처럼 생긴 디딜방아도 있었고 커다란 개도 있었
다. 큰할머니께서는 우리가 가면 고소하고 노란 찐쌀을
바가지 한가득 주시곤 했다. 그래서 나에게 강구는 아물
아물 물안개가 피어오르듯 포근하고 아련한 그리움의 공

간으로 자리하고 있다.

　할아버지의 형님인 큰할아버지께서는 강구에서 한학
자로서 책을 읽으시고 한시를 지으셨다. 엄마의 말씀에
의하면 비가 와서 지붕에서 물이 새어 방에 떨어져도 상
관 않고 소리 내어 글만 읽으셨다던 큰할아버지. 그 큰
할아버지의 외모를 내가 많이 닮았다고 한다. 큰할아
버지의 문재를 닮았으면 좋았으련만. 어쩌면 좋은 시인
이 되었을 수도 있었을 텐데. 큰할아버지 "장두병 선생
(1899~1980)은 인동 장씨 흥해파 28대 손으로, 호는 천
재(川齋)이다. 선생은 한학자이며 한시인으로 관직에 욕
심 없이 평생을 시와 서예로 학처럼 고고한 삶을 누리
며" 살았다고 영덕읍 창포리 해맞이 공원에 세워진 시비
에 적혀 있다.

　큰할아버지께서는 이승만 대통령 재임 당시, 60년 만
에 개최한 정부 주최 개천절 경축 제1회 전국한시백일장
(1957.10.3)에서 장원으로 대통령상을 수상하셨다. '대한
뉴스' 영상 자료에서 큰할아버지께서 한시를 제출하는

장면과 큰할아버지의 장원을 축하하기 위해 사람들이 꽹과리치면서 강구 소월천 강둑길을 걸어가는 장면을 봤던 기억이 있다. 큰할아버지께서는 영친왕 환국 기념 전국 한시 백일장 등 수없이 장원에 입상하였으며, 유고시집 여섯 권을 남기셨다. 큰할아버지의 한시 중에는 「임란사 독후감」 「봄이 고궁에 돌아왔다」 「남북통일」 「안중근 의사 추모시」 「3·1절 기념」 「충렬사」 「조국통일을 염원함」 「이북동포를 위로함」 「백범 김구 선생 추모시」 「바다구경」 「독도」 「신라문화제」 등 한민족의 통일과 민족의식 고취를 주제로 한 한시들이 많이 있다.

특히 「임란사 독후감(讀壬亂史有感)」은 분단의 벽을 허물고 통일의 염원을 이루고자 하는 큰할아버지의 민족의식과 나라사랑이 잘 드러나 있다.

지난 일 분명하다 우리 역사 속에
임진란 많은 전투 현인, 충신 몇이런가
국란으로 어지러운 그때 일 진실로 알겠노라
큰 변란 돌이켜보니 꿈속에도 서글프도다

노량해전 통제사의 큰 공훈 뚜렷하고

의주 압록강 통곡 임금님의 한탄일세

옛날엔 왜적 오늘날엔 적색분자들

이 나라 통일엔 그 누굴 믿을 건가

往事昭然我史中　　龍蛇百戰幾賢忠

信知板蕩當時亂　　回憶滄桑感夢空

鷺海殊勳新統制　　龍灣痛哭舊行宮

古之倭賊今蘇共　　統一韓邦賴孰雄

　위 시에서 볼 수 있듯이 "임진왜란에서는 이순신 장군
이 있었는데, 오늘날엔 그 누가 있어 민족의 통일을 이룰
것인가."라는 과제는 2019년, 오늘에도 여전히 유효하다.
6·25전쟁이 발발하고 분단이 된 지도 어언 66년으로 접
어들고 있다. 그동안 남북으로 나뉘어 오도 가도 못 하고
헤어진 이산가족들도 세상을 거의 떠났다고 한다.

　내 아버지의 작은형님도 대학 시절, 고모 집에 가다
가 붙잡혀 북한으로 끌려가셨다고 한다. 아버지는 연변

에 거주하며 북한을 드나드는 기자에게 부탁하여 작은아버지의 생사와 거처를 알아내기 위해 오랜 기간 노력하셨다. 그런 어느 날, 1998년경이라고 기억된다. 아버지는 누런 갱지에 쓴 작은아버지의 편지를 받고 대성통곡을 하셨다. 그리고 아버지는 미국에 사는 큰아버지와 함께 연변에 가서 작은아버지를 만나 백두산까지 다녀오셨다고 했다. 삼형제가 선글라스를 끼고 함께 찍은 사진을 아버지는 자랑스레 나에게 보여주셨다. 아버지의 작은형님은 청진에서 수산대를 졸업하고 원양어선을 탔다고 한다. 4남매를 두었으나 큰아들이 결핵으로 돌아갔다는 편지를 아버지에게 보내왔다. 결핵약이 없어 고칠 수가 없었다고 한다. 그 후 아버지가 뇌졸중으로 쓰러지시고 북한에 계신 작은아버지와의 연락도 두절되고 말았다.

어쩌면 아버지의 가족사는 우리 민족 전체의 가족사이기도 할 것이다. 누구 때문에, 무엇 때문에 이들은 이산의 고통을 견뎌야 하는 것일까. 트럼프 대통령과 김정은 위원장의 정상회담이 결렬되어 교착 상태가 지속되고 있는 요즈음, 새삼 큰할아버지의 한시가 마음 깊이 다가온다. 민족이 하나 되는 통일의 시대는 과연 올 것인가.

제주 마라도에서 부산을 거쳐 7번 국도를 타고, 내가 태어난 포항과 아버지의 고향인 영덕을 들러 강릉을 거쳐 원산과 함흥을 지나 작은아버지가 살아 계실지도 모르는 청진과 나진을 지나 블라디보스토크로 가서, 시베리아 횡단열차를 타고 모스크바를 경유하여 상트페테르부르크를 지나 유럽으로 여행하고 싶다. 어서 회담이 재개되어 금강산도 가고 서로 자유롭게 왕래라도 하면 좋겠다.

이번 여름방학에는 큰할아버지의 시비를 찾아 아버지의 고향인 영덕으로 가보고 싶다. 그곳에서 큰할아버지의 민족혼과 통일에의 염원을 함께 나누고 싶다. 통일의 길목에 서서, 임진강에 우리의 소원인 통일의 연등을 띄우고 싶다. 유구한 한민족 역사의 물줄기가 면면히 흐르고 있는 압록강 어딘가에 다다르기를 기원하면서.

정해성

불멸, 심향 〈별들의 들판〉

맹목, 피아노

정해성

부산에서 태어났다. 부산대학교 국어국문학과를 졸업하고, 같은 대학원에서 문학 박사 학위를 받았다. 『문체 연구 방법의 이론과 실제』『장치와 치장』, 『매혹의 문화, 유혹의 인간』 등의 저서가 있다. 부산대에서 문체교육론, 현대소설론, 문학개론, 문예비평론 등의 과목을 강의했고, 현재 문화평론가로 활동 중이다.

불멸,
심향 〈별들의 들판〉

자유와 자율을 주장할 권리가 주어진 스무 살 이후, 난 자주 여행을 떠났다. 대다수가 그러하듯 내게도 20대의 일상은 치열했다. 공부와 아르바이트, 다양한 배움 등으로 밥 먹을 시간도 제대로 주어지지 않았던 그 치열함을 난 별로 힘겨워하지 않고 즐겼다. 그럼에도 불구하고 난 항상 먼 곳과 탈일상을 갈망했다. 물질적, 환경적, 시간적 여유가 없더라도 억지로 만들어서 호시탐탐 여행을 떠났다. 여행은 내게 많은 것을 알려주었다.

그중에서도 가장 큰 메시지는 바로 '떠남'이었다. 아름다운 장소, 의미 있는 사람, 가치 있는 물건 등…… 그 무엇에게도 집착하지 않고 떠나야 함을, 떠날 수밖에 없음을 여행은 내게 말해주었다. 머물고 싶었고, 가지고 싶었지만 난 언제나 이성과 현실 원칙에 패배했다. 그리고 일상과 현실로 돌아왔다.

20대 중반까지 난 초등학교 때부터 과거에 머물게 하는 사진들, 소중한 이와 주고받은 편지들, 입장권 및 기차표, 친구가 준 초콜릿 포장지까지…… 마음과 추억을 떠올리게 하는 모든 것들을 아주 소중히 간직하고 있었다. 맘이 힘들고 외로울 때 꺼내보면서 위안을 삼기도 했다. 그러나 어느 순간 사람이든 물건이든 머묾과 소유의 욕망을 강화하고 현실화하는 그 모든 것들이 위안이라기보다는 상처가 되는 것을 깨달았다. '초원의 빛이자 꽃의 영광'인 과거가 더 이상 나의 현재가 될 수 없음을 자각했기 때문이다. 그래서 한순간에 무언가에 쫓기듯 모든 것들을 다 버렸다. 편지, 카드, 선물은 물론 사진, 상장, 성적표, 대학 합격 통지서 등등 과거를 떠올리게 하는 모든 것들을 다 버렸다.

그 이후 지금까지 난 그 어떤 물건도 맘에 담지 않는

다. 항상 버리면서 살기에 삶의 공간 역시 지나치리만큼 깔끔하다. 그 깔끔함이 안전하기는 하다. 안전한 삶에 불만은 없다. 현재 내 삶을 구성하는 인간관계와 일만으로도 충분히 용량 초과인 삶이다. 항상 버리고 살아도 예민하고 섬세한 성격 탓으로 내 맘은 여러 가지 관계와 추억에 대한 생각으로 편안할 날이 별로 없다.

 '애장품, 추억이 어린 물건에 얽힌 사연'에 관한 글이라……. 항상 버리면서 사는 내게 '애장품' 같은 것이 있을 리가 만무하다. 내 삶의 방식에 대해 총체적 점검을 하게 하는 주제이다.

 그런데 가만 생각해보니 정말 아끼며 소장하는 물건, 돌이켜보면 없지 않다. 항상 연습은 못 하더라도 한순간도 그것 없이는 숨이 안 쉬어질 것 같은 피아노, 삶의 질을 풍요롭게 만드는 데 크게 기여하는 에스프레소 머신도 참 중요하다. 그러나 이들은 물건 그 자체가 아니고, '종'이 중요한 것이기에 다른 물건들과 대체 가능하다. 내 아들의 태아 때 모습이 담겨 있는 산모 수첩, 유아 때부터 초등학교 들어가기 전까지 성장 자취와 그에 대한 내 생각이 담겨 있는 육아일기 및 사진첩은 어떤 것과도 바꿀 수 없는 소중한 것이다. 그러나 이 또한 나와 내 가족들에 한정된 물건이다.

그 외 내게 남은 소중한 것은 타인들 특히 예술가들과의 추억과 맘이 깊이 새겨진 미술품들이다. 난 이른바 '사치 고가품'에, 그리고 자동차, 집엔 관심이 없다. 보석이나 시계 같은 고가의 사치품은 단 하나도 없고 지금까지 소유한 자동차도 전부 국산 차이다. 지금까지 난 그렇게 살았고, 앞으로도 그럴 것이다. 그러나 일반인들보다 '더 깊이, 더 몰입하여, 더 열정적으로' 살아온 예술가들의 삶과 꿈에 공감하는 시간을 가져다주는 미술품들, 그에 대한 열망은 죽는 날까지 포기하기 힘들 것 같다.

난 몇몇 작가의 작품을 소장하고 있고, 모든 작품에 무한한 애정과 소중한 추억과 사연이 서려 있다. 그러나 지금 현재 지면을 통해 특별히 나누고 싶은 작품은 심향 작가의 〈별들의 들판〉이다.

심향 작가와의 만남은 우연한 운명이라는 단어 이외엔 적당한 말을 찾기가 힘들 것 같다. 우연히 들른 갤러리 팔조에서 심향 선생님 개인전에 초대받았다. 한지에 실로 수를 놓고, 그것을 배접하여 형상화한 심향 선생님의 〈별들의 들판〉은 사진으로 온전히 담기엔 불가능한 작품이다. 개인전 팸플릿에 인쇄된 사진은 그 한계에도 불구하고, 〈별들의 들판〉은 꽤나 매혹적이었고 그 실체가 궁금했다. 그러나 바쁜 일상을 핑계로 개인전에 가지 못했다. 갤러리스트는 음악에도 관심 많은 나에게 대구 출신의 천재 피아니스트라고 불리는 박재홍 피아노 독주회에 초대했다. 그 연주회에서 난 심향 선생님을 만날 수 있었고, 댁까지 모셔다드리면서 많은 이야기를 나눴다. 내 책 『장치와 치장』을 읽으신 심향 선생님께서는 내 글에 공감해주셨고, 서로 맘이 열려 내가 선생님 작품 세계에 대한 평론을 쓰게 되었다. 그리고 운이 좋게도 2017년 베니스 비엔날레 특별전에 초대 전시된 심향 선생님 수작 모두를 가져올 기회를 얻었다.

2017년 베니스 비엔날레에 함께 동행하기 전, 선생님께서 우연히 자신의 평생 소원을 말씀하셨다. 당신의 소원은 모네 정원을 보고, 모네의 〈수련〉을 보는 것이라고……. 심향 선생님께서는 세 살 때 고열 후유증으로 평생을 휠체어와 목발을 통해, 타인과 함께 움직이신 분이시다. 그런 심향 선생님에게 모네 정원이 있는 프랑스로 이동하는 것은 불가능한 일이었고, 엄청난 모험이었다.

그러나 스무 번 넘게 자유 여행을 한 내게 심향 선생님 평생 소원을 들어드리는 것쯤은 일도 아니었다. 2017년 베니스 비엔날레 참가한 이후, 프랑스로 경유해서 잠시 들렀다 한국에 돌아오자고 제의했다. 차를 렌트하면 된다고, 가는 김에 프랑스 북부 노르망디로 가서 몽셸미셸과 에트르타도 같이 보고 돌아오자고 했다.

우연한 제의는 현실화되었다. 근력이 부족한 내가 혼자 심향 선생님을 모시는 건 불가능했지만, 대학원에서 미술사학을 공부하는 제자와 2017년 베니스 비엔날레에 같이 초청받아 전시한 김완 작가가 합류했다. 우리 네 명은 베니스 비엔날레 일정을 마친 이후 4일 동안 모네 정원이 있는 지베르니, 몽셸미셸, 에트르타 그리고 파리 퐁피두와 오랑주리 미술관을 돌아보았다. 내가 운전과 안내를 담당하고, 김완 선생님과 제자가 휠체어를 비롯한 짐을 차에 싣는 일을 담당했다.

우리 네 명은 정말 환상적인 팀이었고, 꿈 같은 여행이었다. 단 한 번의 갈등과 힘겨움, 불평도 없이 하나가 된 우리 네 명 모두는 더할 나위 없이 행복한 4일을 보냈다.

지베르니 모네 정원에 도착했을 때, 난 주차가 지체돼 조금 늦게 합류했다. 그래서 모네 정원에서 〈수련〉 연작에 나오는 연못의 풍경을 오래오래 바라보시던 심향 선생님의 뒷모습을 지켜볼 수 있었다. 이룰 수 없을 것이라고 생각하셨던, 그냥 맘에만 품고 있었던 꿈이 현실화된 그 순간 선생님께서는 무슨 생각을 하셨을까……. 굳이 말씀하시지 않으셔도, 그 순간 함께한 우리 모두는 다 같이 느낄 수 있었던 것 같다.

몽셸미셸로 가는 고속도로는 비현실적으로 아름다웠고, 몽셸미셸의 스펙터클한 성의 야경과 에트르타의 푸르름은 초현실적이었다. 마지막 여정인 파리 오랑주리

정해성 _ 불멸, 심향 〈별들의 들판〉

미술관에서 모네 〈수련〉을 보시던 순간 속이 뻥 하고 뚫리는 것 같다며 기뻐하셨던 선생님의 모습 또한 아직도 눈에 선하다. (이 순간 찍은 사진이 평생 소원을 성취하고 가장 행복한 순간을 담고 있는 표정이어서 영정 사진으로 사용했다.) 그리고 난 약속했다. 어디든 모시고 가겠다고, 말씀만 하시라고…….

한국에 돌아오신 선생님께서는 활발한 작품 활동을 펼치고 계획하시던 중, 2017년을 몇 날 남기고 무혈성 중증 재생 불량성 빈혈이라는 희귀병 판정을 받으셨다. 그리고 지금까지 매 순간 힘을 다해, 정말 최선을 다해 투병 중이시다. 평생을 아픔으로 살아오신 선생님의 삶에 마지막까지 가해진 가혹함은 기독교인인 나조차도 도대체 인간의 운명이란 뭔지, 신의 뜻이란 뭔지 이해할 수 없었다. 섬세한 감성과 아이의 순수함, 현인의 성숙함을 갖추고 언제나 따스함과 사랑으로 사람과 세상을 대해오신 심향 선생님에게 왜 이런 아픔과 고통이 주어지는지 안타까울 뿐이다.

작품론을 쓰기 위한 인터뷰 과정에서 선생님께서 어린 시절 말씀을 하신 것이 있다. "엄마랑 시장에 갔는데, 엄마가 여기 잠시 있으라고 입구에 나를 두고 장을 보러 가셨다. 어린 나는 그 자리에서 엄마를 무작정 기다리면서 행여 엄마가 안 올까 봐 불안했다."는 말씀을 담담히 하셨다. 아이를 기르는 엄마의 입장에서 그 심정이 너무 맘이 아팠지만, 애써 태연한 척하느라 참 힘들었다. 그 후 어린 선생님이 시장에서 어머니를 기다리던 모습을 떠올린 적이 많다. 선생님께서 그동안 살아오시면서 경험하신 삶의 고통, 그리고 현재 투병 과정의 아픔을 내가 어찌 감히 상상이나 할 수 있을까? 도대체 정신적 육체적 고통의 절정에서 자신의 운명에 마주 서 계신 선생님의 심정을 내가 어떻게 말할 수 있을까?

그에 대한 답은 심향 선생님의 작품에 있다. 심향 선생님의 〈별들의 들판〉은 타인과 더불어 이루어내는 이상향이다. 심향 선생님에게 '타인'은 자신을 존재하게 하는 소중한 존재이다. 〈별들의 들판〉에 있는 점 하나하나는

정해성 _ 불멸, 심향 〈별들의 들판〉

주인 주(主)의 점에 해당한다. 타인과의 관계를 맺기 위해서는 각 개체는 자신의 존재를 약화시키고, 타인과 선을 통해 연결, 연대하여 함께 이루어낸, 아름다운 세계가 바로 '별들'의 들판이다. 작가 심향의 삶은 '별들의 들판'을 이루어낸 '별'의 삶이었고, 지금의 아픔 역시 또 다른 들판의 '별'이 되기 위한 과정이다. 심향 선생님의 작품으로 인해 내 삶과 마음은 별들, 즉 선생님의 삶뿐만 아니라 또 다른 타인의 삶을 '별'로 품어야 하는 들판임을 깨닫는다. 우리들 각자가 품은 별들로, 우리들이 공유한 세계인 '별들의 들판'은 언제나 선생님의 작품들과 함께 내 맘속에서 아름답게 빛나고 있을 것을 나는 깨달으면서 살아야 할 것 같다. 언제나 순수하고, 강인하고, 관대하셨던 선생님의 삶과 웃음소리가 작품에 형상화된 수많은 별들과 함께 쏟아져 나올 것 같은 '별들의 들판'을 통해 타인과 연대하며 나 역시 마지막까지 강인하게 최선을 다해 살 것을 다짐한다.

지금 이 순간도 세상과 격리된 병실에서 홀로 사투를 벌이고 계실 선생님께 맘을 다해 '파이팅!'을 외쳐본다.

우리 함께 이룬 들판 속에서 고독해하지 마시길, 또한 두려워하시지 마시길…….

P.S. 이 글을 쓴 이후 심향 작가는 지난 2월 18일에 자신의 들판에 하나의 별이 되셨다.

투병 과정에 계실 땐 선생님께서 다른 세상으로 가시고 나면, 맘이 아파서 몇 년간은 작품을 못 볼 것만 같았다. 선생님께서 병상에 계시는 동안에도 난 작품을 볼 때마다 맘이 무던히도 아팠기 때문이다. 그런데 이젠 좋은 곳에서 편안히 계실 것이라 생각하니, 그리고 작품을 통해 항상 곁에 계실 것이라고 생각하니 맘이 편해지고, 작품을 볼 때 선생님과 대화를 나누게 된다.

14개월 투병 과정은 인간 정신과 의지의 강인함 그 자체였다. 생의 마지막 순간까지 타인을 걱정하고 배려하신 부분은 인격의 깊이와 아름다움이었다. 마지막까지 언어로 작품을 형상화하시면서 작가로서의 성실함 또한 느끼게 해 주셨다. 많은 사람들의 진심 어린 슬픔을 함께 나눈 장례 과정은 그 자체만으로도 삶의 방식에 대한 소

정해성 _ 불멸, 심향 〈별들의 들판〉

중한 가르침이셨다. 이젠 평안과 행복 가득한 들판에서
맘껏 다니시면서 남은 자들의 삶을 응원해주시길…….

문득, 로그인

맹목,
피아노

    난 집착이 없는 편이고, 포기도 빠르다. 목적 달성을
위해 열심이고 최선을 다하지만, 과정에서만 만족하고
결과는 하늘에 맡기고 성과에 대해 욕심을 가져본 적이
거의 없다. 세상은 내 바람대로 이루어지지 않는다는 것
을 너무나 잘 알기 때문이다. 세상을 나에게 맞추기보다
는, 나를 세상과 타인에 적절히 맞춰주면서 사는 것이 편
했다. 주어지면 좋고, 아니면 말고…… 이런 정신으로 지
금까지 대충 살아왔다. 그러나 그런 내게도 '그것' 없이
는 결코 살 수 없는 것이 딱 하나 있다. 절대로 포기할 수
없고, 내 삶 언제 어디서든 반드시 있어야만 하는 것이

바로 피아노이다. 물론 피아노가 내 곁에 있다고 해서, 항상 연습을 하는 것은 아니다. 바쁠 때에는 일주일이나 열흘 동안까지는 피아노를 치지 못하고 그냥 지나치는 경우도 많다. 하지만 그 경우에도 피아노가 곁에 없어서 아예 못 치게 되는 상황을 나는 상상할 수 없다. 물론 어딜 가나 대여해주는 연습실이 있기에 맘만 먹으면 언제든 칠 수 있다. 그러나 이미 나의 존재랑 동일시되어버린 피아노이기에 거주 공간에 피아노가 없으면, 불안을 넘어 과장 없이 숨이 막히고 가슴이 답답해온다.

내 삶에 피아노가 없었던 시절이 딱 한 달이 있었다. 내가 스무 살이 되던 해에 언니가 결혼하면서 집의 피아노를 가지고 갔다. 난 학원이든 교회든 언제 어디서나 피아노를 칠 수 있으니 괜찮을 줄 알았다. 그러나 난 한 달을 견디지 못했다. 아르바이트해서 모은 돈을 탈탈 털어서 국립대 1년 등록금에 해당하는 피아노를 사기 위해 대리점으로 달려 갔었다. 그 이후 피아노는 내 곁은 떠난 적이 없다. 내게 모든 금액은 주로 피아노 종류와 미술작품 값으로 환산된다. 금액으로 얼마가 회자되면, 내 머리속엔 누구 작품 값 내지 무슨 피아노가 몇 대…… 이런 식으로 환산된다.

로만 폴란스키 감독의 영화 〈피아니스트〉에서 피아니스트였던 주인공 스필만을 지탱한 생명줄은 피아노였다. 물론 나치 치하에 은신 중이었던 유대인 스필만은 피아노를 칠 수 없었다. 그러나 그의 머릿속엔 언제나 피아노의 선율이 흐르고 있었고, 어디서든 스필만의 손가락은 지속적으로 움직이고 있었다. 공감이 된다. 내 맘속에 음악이 멈추면, 생이 멈출 것 같다. 난 피아노를 잘은 못 친다. 하지만 좋아하는 곡들의 주선율이라도 따라 짚을 때, 때로 코스모스의 우주를 경험한다.

피아노를 처음 본 것은 다섯 살 때 친구 집에서였다. 새 피아노에서 나는 고유의 향이 가득한 방에서 흰 건반과 까만 건반의 피아노를 처음 보았다. 피아노는 흥미롭고 신기하였고, 심지어 경이롭기도 했다. 피아노 앞에 다섯 살의 나는 한없이 작아졌다. 감히 나 따위가 함부로 쳐서는 안 될 것 같은 아우라가 피아노에 있었다.

정해성 _ 맹목, 피아노

집으로 돌아와서 난 언니에게 도화지를 길게 잘라 붙여서 피아노를 그려달라고 부탁했다. 언니는 종이 피아노를 그려 주었고, 내게 '도레미파솔라시도'라는 계명과 악보상의 위치를 가르쳐주었다. 그걸로 끝이었다. 교회를 다니던 어린 나는 노래를 많이 알고 있었고, 아는 동요나 찬송가는 워낙 선율들이 단순해서 계명이 대충 머릿속에 다 그려졌다. '알베르티 베이스'인 '도솔미솔'의 펼친화성 반주법을 어디서 주워 들었는지는 몰라도 1도, 4도, 5도 화음의 개념도 없으면서 대충 반주까지 쳐가며 노래를 불렀다. 그때 내게 피아노는 가지지 못한 것이기에 선망의 대상이었고, 음악을 좋아했기에 종이 피아노 놀이를 무척 즐겼다.

피아노를 배우기 시작한 때는 전두환 군부 독재의 과외 금지 시절이었다. 예체능 교습은 허용은 했지만, 허가서를 꼭 가방에 넣어야 하는 등 억압적인 분위기가 만연했다. 단 한 번도 누군가에게 너 어디를 가냐는 식으로 가방 검사를 받은 적은 없었지만, 항상 뭔가 긴장된 느낌으로 피아노 학원을 다니기 시작했다. 위축된 시대적 분위기 탓인지, 왠지 학원에 대한 기억도 그리 밝지만은 않다. 독고탁이 연재되던 만화책을 보기 위해 피아노 학원을 다녔던 건지, 피아노가 좋아서였는지 사실상 구분이 잘 가지 않았던 시절이었다.

그리고 1년쯤 지났을 때 생애 첫 피아노가 집에 들어왔다. 그때나 지금이나 성실함 빼면 시체인 난 하루 종일 피아노 앞에서 떠나지 않았다. 좋기도 했지만, 그보다는 왠지 경이로웠고 선망의 대상이었던 피아노를 사주신 부모님에 대한 보답과 예의라고 생각한 부분도 적지 않았다. 그러나 그때까지도 '넌 나의 전부' 이런 절박함은 없었다. 중고생 때는 입시 공부에 집중하느라, 스스로 피아노를 멀리했다. 학교 음악 시간 반주와 교회 성가 반주 등으로 손가락이 굳지 않는 정도만 유지하고 있었던 것 같다.

피아노가 존재의 일부이지만, 없으면 전부를 잃어버릴 것 같은 의미를 지닌 것은 20대부터였다. 대학 입시가 끝

나자마자, 시간적 여유가 생겼을 때 항상 그랬듯이 피아
노를 다시 배웠다. 동네 피아노 학원에서, 입시 전문 선
생님에게서, 그리고 피아니스트였던 친구에게 레슨을 받
았다.

피아니스트였던 친구랑 단짝이 되면서 음악에 몰입했
고, 내가 아는 음악 세계가 좀 더 넓어졌다. 다양한 작곡
가와 많은 곡들, 그리고 연주자들을 알게 되었다. 그리고
피아니스트들의 연주 모습을 찍은 비디오의 존재를 알게
되었고, 여유가 생기는 대로 그 비디오를 구입할 수 있었
다.

대학에서, 대학원에서 배운 문학은 내게 삶의 고뇌와
세상의 부조리를 알려주었다. 감성적인 부분에 별로 강
하지 못했고, 감정이입이 너무 잘 되는 나는 문학이 주로
던져주는 염세적 메시지를 감당해내지 못했다. 거대한
메시지의 물결에 휩쓸려 나의 정신과 검정은 끊임없이
부서지고 깨어졌다. 부조리하고 고뇌만 안겨다 주는 세
상을 살아내야만 하는 이유를 찾을 수가 없었다. 매 순간

죽음을 생각하지 않은 적이 없었던 20대 시절, 그 누구의 이해와 공감을 받지 못해서 고독하고 힘겨웠던 시절, 그때 나를 지켜준 것은 한 가닥의 종교적 신념, 그리고 피아노였다.

오직 피아노를 칠 때만 외롭지 않았다. 물론 음악과 예술은 감정과 상황의 정점에서 창조된 것이기에, 낙관적인 생각만을 주지 않는다. 고통의 승화가 나타나는 곡이 있고, 그렇지 않는 곡이 있다. 그러나 어떤 곡이든 피아노를 칠 때만큼은 시공을 초월한 누군가와 감정의 교류와 소통이 이루어지는 것을 느낄 수 있었다. 그래서 때론 더 절절하게 슬퍼지기도 했지만, 중요한 것은 혼자만 힘들고 슬픈 것이 아니라는 것, 이전 우리의 선배들도 아니 지금 동시대를 살아가는 누군가도 역시 다 겪고 있는 아픔이라는 생각으로 순간 순간을 견뎌낼 수 있었던 것 같았다.

특히 아르투르 루빈스타인이 80대에 연주한 생상 피아노 협주곡 2번의 비디오는 내 생의 전환점을 형성한다.

26세에 교회 후배인 음대생 자취방에 놀러 간 난 후배를 통해 루빈스타인의 모습을 비디오로 볼 수 있었다. 루빈스타인은 내가 본 그 어떤 사람보다 더 늙은 모습이었고, 주름 가득한 손을 가지고 생상의 격정적 선율을 연주하고 있었다. 연주를 잘하고 못하고는 귀에 들리지 않았다. 간혹 TV에서 보아왔던, 양로원의 어르신들보다 더 늙은 루빈스타인의 모습이었지만, 그 모습은 내가 지금까지 본 그 어떤 모습보다 아름다웠고, 가장 감동적인 모습이었다. 40대 이전에 이미 피아노로 세계를 정복한 루빈스타인은 50대에 은퇴를 해도 음악사에 전설로 남을 수 있었을 것이다. 그러나 루빈스타인은 생의 마지막 순간까지 멈추지 않고 최선을 다해 자신의 음악을 연주하고 있었다. 루빈스타인의 그 연주는 젊음에만 가치를 부여하고, 세상과 늙음이 두려웠던 나의 가치관을 뒤집어놓았다. 나는 번개를 맞은 듯한 충격을 받았고, 후배가 보고 있다는 것을 알면서도 펑펑 울고 있었다.

그 이후 난 젊음의 방황과 치기 어린 엄살을 멈춘다. 그리고 고통에 정면으로 부딪치면서 살아갈 용기와 투지

를 가질 수 있었던 것 같다. 물론 그 이후에도 계속 시행
착오를 계속하고 넘어지기도 했지만, 항상 루빈스타인의
연주 모습을 되돌려 보면서 지속적으로 나를 다독였다.

요즘도 시간만 나면 피아노 앞에서 내가 좋아하는 곡
들을 연습한다. 바흐의 형식적 근원과 안정 속에 흐르는
내면의 열정을 느낀다. 너무나 투명하기에 오히려 삶의
비애가 느껴지는 모차르트의 소나타, 론도, 판타지들의
음표를 통해 생의 의미를 되짚어보기도 한다. 인간이 어
떻게 이런 선율을 만들어낼 수 있나 싶을 정도로 아름다
운 선율의 슈만과 슈베르트의 음악은 투명한 고독과 깊
은 슬픔을 자아낸다. 피를 토하는 슬픔의 고통을 가장 눈
부시고 아름답게 형상화한 쇼팽, 견고하고 엄정한 형식
속에 다양한 감정을 가장 정확한 스케일로 형상화한 브
람스의 음악, 너무나 인간적이어서 인간의 한계를 초월
하여 신의 영역을 넘보는 베토벤의 음악, 웅혼하고 대륙
적인 향수와 슬픔을 형상화하는 거인 라흐마니노프, 세
련되고 딱 할 말만 하는 포레 등등……

이젠 체력과 테크닉의 부족으로 점점 더 조용하고 단순한 곡들만 연습하지만, 그 순간만큼은 세상을 다 가진 것처럼 항상 행복하다. 평생 종일 피아노 연습만 하고 살 수 있으면 좋겠다는 생각을 한다.

예술 문화 강의나 강연에서, 난 항상 예술이 가지는 개인적, 사회적 효용을 역설한다. 개인적 차원에서 예술은 내가 누구인지, 나와 다른 타인은 또 누구인지, 우리가 살아가는 공동체가 어떠한지를 성찰하고 이해하게 한다고 주장한다. 또한 사회적 차원에서 예술은 처한 현실을 자각 비판하고, 우리가 성취하고 이루고자 하는 이상적 세계를 선취하고, 감상자로 하여금 새로운 시대를 예견하고 추구하게 한다고 말한다. 그래서 보다 많은 사람들이 자신의 행복과 자유를 누리며 조화롭게 공존할 수 있는 세상이 이 땅에 이루어지기 위해 우리들은 끊임없이 예술 문화에 관심을 가져야 한다고 항상 결론을 내린다. 당연히 그러하다.

그러나 내가 예술을 좋아하는 것에는, 그중에서도 특

히 피아노를 좋아하는 것에는 이 모든 이유를 넘어서 그냥 맹목적인 부분이 있다. 목적 의식이 있어서도, 효용성이 있어서도 아니다. 그냥 나라는 존재가 살아가기 위해서는 반드시 있어야 하는 것이 피아노이고, 음악이고, 나아가 문화예술인 것 같다. 어릴 때 친구집에서 보았던 피아노의 경이로움과 신비함이 아직도 내겐 있다. 내 것이든 남의 것이든 피아노를 보는 것은 언제나 설레고, 긴장된다. 저 피아노가 울려줄 음은 어떤 종류일지 기대하는 것만으로 행복할 때가 많다. 이러한 설렘과 긴장이 언제까지나 영원하길 소망한다.

정해성 _ 맹목, 피아노

조규남

No, One dollar

세상에서 나와 가장 가까운 사이

조규남

전남 보성에서 태어나 성장했다. 방송대 국어국문과를 졸업하고 1998년 수필로 등단, 10년 후 소설로 등단하고 활동, 2012년『농민신문』신춘문예에 시가 당선되어 시를 쓴다. 소설집으로『펑거로즈』가 있다.

No,
One dollar

   딸랑 1달러야! 친구가 어이없다는 표정으로 나를 바라다본다. 과자 한 봉지 값도 안 된다며 차라리 10달러짜리를 가져가라고 내미는데 나는 큰돈을 밀어내고 1달러짜리만 챙긴다. 그렇게 1달러짜리를 모으기 시작한 것은 오래전부터였다. 이제 그 기억을 잊어도 좋을 만큼 시간이 흘렀는데 나는 여전히 1달러짜리에 연연하고 있다.

   내 머릿속은 온통 피폐한 땅의 신음 소리를 더듬고 있었다. 오토바이가 물결치는 베트남을 뒤로하고 씨엠립 공항으로 출발할 때부터였다. 예전에 TV에서 보았던 내전(內戰)의 아픔을 떠올리며 잔뜩 긴장하고 있었다. 꼭 한번은 가보고 싶었던 앙코르와트였지만 그곳으로 가고 있다는 설렘보다 두려움이 더 지배적이었다. 국토는 모두 폐허가 되어 있을 것이고, 사람들은 음산한 표정으로 굳어 있을 것만 같았다.

패키지관광이란 참으로 힘들고 고달팠다. 야행성 패턴 탓에 베트남에서 보낸 마지막 밤을 뜬눈으로 지새웠다. 일행이 없었다면 불을 밝혀놓고 메모라도 했을 텐데 어둠이 꽉 들어찬 방 안에서 멀뚱멀뚱 눈을 뜨고 시간을 보냈다. 그렇다고 다음 날 혼자 호텔에 남아 잠을 잘 수도 없었다. 차를 타고 혹은 비행기를 타고 이동하면서 토막잠을 자야지 했는데 도무지 눈을 붙일 수가 없었다. 창밖으로 보이는 건 짙은 어둠뿐이었다. 잠은 오지 않고 눈만 씀뻑거려 짜증스러웠다.

씨엠립 공항에 도착한다는 안내방송이 나왔다. 비행기가 낮게 내려앉기 시작했고, 씨엠립 공항 건물 실루엣이 어렴풋이 보였다. 비행기에서 내려 밖으로 나왔을 때 불빛 속에 드러난 공항 건물은 프랑스식 건축양식과 유사했다. 우리나라 시골 시외버스 터미널처럼 조그마한 건

문득, 로그인

물이었지만 세련된 자태였다. 나는 내심 감탄할 수밖에 없었다. 모든 것이 파괴되었을 거라는 나의 편견이 어긋나는 게 오히려 기뻤는지도 몰랐다. 우리나라를 잘 모르는 외국인들 중에 코리아는 몹시 혼란스럽고 불안한 나라로 오해하고 있다는 말이 상기되는 순간이기도 했다.

과거 우리나라 부마민중항쟁이라든가 5·18민중항쟁의 혼란이 세계 각국으로 보도되었을 때 외국인들은 한국을 불안하게 바라봤을 것이다. 그것이 기억 속에 깊이 각인되어 지금까지 오해하고 있을 것이다. 물론 캄보디아 내전은 우리나라 민주항쟁과 판이하게 다른, 외세가 개입된 정권 다툼이었다. 오랫동안 크메르루주와 베트남의 지원을 받는 공산군과 미국의 지원을 받은 론 놀의 크메르 공화국 정부군 간의 내전이었다. 그러니 내 오해가 지나친 것은 아니었으리라. 하지만 공항 건물 하나도 변변할 게 없을 거라는 단정은 지나친 비약이었다. 부끄러웠다. 의기소침해진 나는 입국 통관 절차를 밟기 위해 얌전히 줄을 섰다.

가이드가 입국검사대에 1달러를 줘야 할 것이라고 말

했다. 그런 경험이 없는 나는 무슨 뜻인지 이해되지 않았다. 더군다나 말도 통하지 않는 나라였다. 우리 일행 차례가 오자 One dollar를 요구하는 직원이 있었지만 못 들은 척 창구로 다가갔다. 그곳 직원도 'One dollar' 하면서 씽긋 웃었다. 매우 맑고 밝은 표정이었다. 나는 당연한 수수료로 알고 얼른 1달러짜리 지폐 한 장을 꺼내 직원 앞으로 내밀었다.

무난히 통관 절차를 마치고 나왔을 때였다. 1달러는 통관 절차 수수료가 아니라 공항 직원들의 개인 호주머니로 들어가는 신속료(빨리 통과시켜주는)라는 것을 알았다. 어이가 없었다. 그 나라의 관문인 공항에서 그것도 국록을 먹고 산다는 직원들이 외국인을 상대로 부당한 돈을 요구하는 게 이해되지 않았다.

공항에서 나빴던 기분은 깨끗이 잊기로 했다. 내가 생각하고 있었던 것보다 캄보디아 환경은 훨씬 더 쾌적할 뿐만 아니라 불빛에 휩싸인 거리 또한 아름다웠다. 자고 일어나면 침대가 눅눅하도록 습기가 많던 베트남 호텔의

잠자리에 비해 개운하고 편안한 수면을 취할 수 있어 더욱 좋았다.

앙코르와트에 들르기 전에 수상촌을 관광했다. 승선을 하기 위해 선착장으로 내려가는데 아이들이 우르르 몰려들었다. 'One dollar'. 내 앞으로 내미는 조그마한 손을 보며 나는 마음이 흔들렸다. 하나를 주면 모두 다 달려들 것이고, 그냥 지나치자니 너무 매몰찬 것 같았지만 끝내 나는 'No, one dollar'를 외치고 말았다.

배를 타고 붉은 황토강을 한참 거슬러 올라 도착한 그곳은 어리둥절한 광경이었다. 모든 나라가, 모든 민족의 생활방식과 문화가 획일적일 수는 없는 것이지만 뭍으로 올라오면 오히려 멀미를 한다는 그들의 삶은 참으로 이색적이었다. 그리고 안타까웠다. 혼탁한 물 위에서 의식주 해결이 원활할 리 없을 것이다. 위태롭게 떠 있는 조잡한 삶의 공간이라니, 그곳에서 가축을 키우며 생활하는 게 신기하기도 했지만, 너무 열악한 환경에 눈시울이 뜨거워졌다.

작열하는 태양 아래 고스란히 드러낸 살갗은 온통 구

조규남 _ No, One dollar

릿빛이었다. 동생이 하던 가게를 정리하고 우리 집 창고에 쌓아둔 많은 옷들이 생각났다. 그들에게 One dollar를 쥐여주는 것보다 무방비로 노출된 신체 일부분을 가릴 수 있는 옷 한 벌이 시급해 보였다.

김영하의 단편소설 「당신의 나무」에서 흥미롭게 읽었던 앙코르와트의 정경 묘사, 허물어져가는 부처를 나무뿌리가 단단히 얽어매고 있다는 그곳, 나는 웅장하고 거대한 앙코르와트를 구경하면서도, 씨엠립에서 프놈펜으로 이동을 하면서도 머릿속에 온통 One dollar와 No, one dollar가 교차하고 있었다. 지금은 경제적 수준이 낮지만 캄보디아는 머지않아 눈부신 발전을 하리라는 생각도 들었다. 앙코르와트라는 세계적인 문화유산을 가졌고, 인구밀도에 비해 국토가 넓고 자원이 풍부하다.

버스를 타고 시골길을 달렸다. 도로변에는 따뜻한 기온이 키워낸 과일들이 풍성하게 매달려 있었다. 넓은 들판에서 한가롭게 풀을 뜯는 흰소를 보면서 나는 캄보디아의 미래를 점쳤다. 지금은 공항 직원들이, 거리로 나선 아이들이, One dollar를 외치지만 머지 않아 No, one dollar를 외칠 것이다. 부정한 돈을 요구하고 있는 어른들의 눈동자도 구걸을 하고 있는 아이들의 눈동자도 순수하고 선량하게 빛났다. 그들은 너무나 절실한 생존의 기로에 던져졌을 뿐이다. 나는 캄보디아 사람들의 희망찬 미래를 확신하듯 No, one dollar를 되새김질하며 차창 너머로 보이는 높고 푸른 하늘로 시선을 던졌다.

피폐한 지구 한구석의 아픔이 다소 긴장된 작별에 여운을 남기려 했을까! 예정된 시간에 비행기가 오지 않아 마냥 기다려야 했다. 처음엔 친구들과 사진을 찍으며 웃고 떠들었다. 점차 몸이 배배 꼬이기 시작했다. 곳곳에 승객들이 축축 늘어진 공항 대합실 풍경에 지쳐가는데, 황토강에서 또는 앙코르와트에서 One dollar를 외치며 달려들던 아이들의 손이 확대되었다.

검게 그을린 작은 손들, 1달러가 그들에게 절실한 생명이 될 수도 있었겠구나! 나는 오랫동안 기다리다 탑승한 비행기 안에서도 인천공항에 내려서도 One dollar를 외치던 아이들의 목소리와 고사리 같은 손을 떨쳐버릴 수가 없었다. 보릿고개를 넘기 힘들었던 우리들의 지난 시절이 떠올랐고, 미군들에게 초콜릿을 달라고 손을 내밀었던 때가 오버랩되었다. 아이들에게 1달러를 쥐여줄걸 하는 후회가 밀려들었다.

그때부터였다. 내가 1달러짜리에 집착하기 시작한 것은. 언제 다시 그곳을 여행하게 된다면 1달러짜리를 많이 가져가서 그들 손에 쥐여주리라. 지금의 캄보디아는 그때의 경제사정보다 훨씬 더 발전한 나라가 되었다는 소식을 많은 사람들에게 전해들었다. 그리고 아이들도 이미 자라서 성인이 되었을 것이다. 그런데 나는 지금까지도 그 아이들이 그 자리에서 One dollar를 외치고 있을 것만 같아 1달러짜리만 보면 차곡차곡 모으는 버릇이 있다. 세상의 화폐가 1달러짜리밖에 없는 것처럼.

문득, 로그인

세상에서 나와 가장 가까운 사이

오늘 밤은 또 어떤 꿈을 꿀까!

쓸데없는 꿈 때문에 잠을 설쳤다고 누군가 말했을 때 나는 그런 꿈이라도 소원한다고 했다. 그래서인지 '토르마린 개인용 온열기' 코드를 꽂으며 거대한 포부나 희망이 아닌 잠이 가져다주는 꿈을 간절히 바란다.

잠이 부족한 날들은 나른하고 몽롱했다. 한 계절쯤, 아니 단 한 시간이라도 죽음 같은 깊은 잠을 자고 싶었다. 어떻게든 잠들어보려고 분위기도 바꿔보고, 우유를 뜨끈하게 데워 마시기도 했다. 잠에 모든 것을 건 사람처럼 온갖 수단과 방법을 가리지 않았지만 잠은 나를 피해 다니는 도망자 같았다.

급기야 수면제를 복용하기 시작했다. 아무것도 모르고 잠을 잘 수 있어 좋았다. 가장 손쉽고 가장 신속한 방법이었지만 아침에 일어나면 개운해야 할 몸이 찌뿌듯했다. 그뿐만 아니라 생각지도 못한 후유증이 뒤따랐다. 길이 푹 꺼져 내리는 것 같아 자동차들이 쌩쌩 달리는 도로로 내려서는가 하면, 다리가 휘청거려 아무 데서나 털썩 주저앉았다. 계속 복용했다간 돌이킬 수 없는 실수를 범하고 말 거라는 불안이 엄습해왔다.

밤마다 수면제를 꺼내놓고 망설였다. 이것 한 알이면 깊이 잠들 수 있는데, 한 손에 물컵을, 한 손에 수면제를 들고 입에 털어 넣으려다 내려놓기를 반복했다. 달콤한 잠이 나를 빠져나올 수 없는 깊은 수렁으로 끌고 들어갈 것을 뻔히 알면서도 수면제의 유혹을 뿌리치기 힘들었다. 영원히 수면제에 붙잡혀 살아갈 것인가, 굳은 의지로 불면을 버텨볼 것인가. 아무리 잠이 급급해도 수면제는 독이 될 뿐이라는 생각이 지배적이었지만 힘든 밤을 어떻게 건널까가 걱정이었다. 이러지도 저러지도 못하고 생각만 무성한 날들을 보냈다. 수면제를 복용하지 않아 뜬눈이었다. 힘은 들겠지만 이렇게 견뎌보자, 나는 벼르고 벼르다가 가지고 있던 수면제를 쓰레기통에 몽땅 집어 넣었다.

침대는 벌써부터 베개를 정돈해놓고 내가 들기를 기다린다. 하얀 시트가 정갈해 보인다. 오늘은 무슨 꿈을 만날 것인가. 눈을 부릅뜬 외눈박이처럼 온열기의 빨간 불빛이 동그랗게 빛난다. 5분이면 충분히 뜨거워져 나를 껴안게 되겠지. 지난하리만큼 달아올라 내게 화상을 입힐지도 모르지만, 우리는 서로를 붙잡고 긴 밤을 뜨겁게 달궈내겠지.

사람이 살아가는 데 필요불가결(必要不可缺)에 의해 물건을 소유하고 지배한다. 내가 입고 있는 옷, 집 안의 가구들, 자잘한 살림도구 등등, 이것들을 내가 지배한다기보다 내가 지배당하고 있지 않나 생각할 때가 많다. 그중에 가장 나를 꼼짝 못 하게 하는 것은 온열기다. 나는 밤마다 그것을 끌어안아야 잠들 수 있다. 봄에도 가을에도,

기온이 급강하한 겨울밤이면 더욱 좋지만 더위가 푹푹 찌는 여름밤에도 땀을 뻘뻘 흘리며 뜨끈한 것을 내 배 위에 올려놓고 견뎌야 한다.

위장 기능이 너무 약해요.

맥을 짚은 한의사의 말이었다. 침을 놓아주면서 한약을 먹으라고 했지만 '까스명수' 한 병에도 부대끼는 체질이어서 한약은 언감생심 꿈도 꿀 수 없었다.

체기를 안고 살아가는 나는 잠드는 일이 가장 힘들었다. 활동이 많은 낮에는 끌끌대면서 그런대로 지낼 수 있었지만 침대에 누워 있을 때면 왼쪽 발에 쥐가 나면서 온몸의 힘이 쭉쭉 빠져나갔다.

잠들지 못한 밤은 너무 길었다. 수천수만 마리의 양을 불러들여도 잠은 오지 않고 몸만 뒤틀렸다. 수지침으로 열 손가락을 모두 찔러 피를 빼내고, 꿀물을 타 마시고, 갖은 조치를 취해도 소용없었다. 침대에서 벌떡 일어나 다시 눕기를 반복하다가 거실로 나와 체조를 하는 날들이 이어졌다. 시간은 더디 갔다. 지친 눈이 금세 감길 것 같아 침대에 누우면 정신은 다시 말똥말똥해지고 저린

문득, 로그인

다리가 줄다리기를 시작했다. 그런 탓에 밥 한 끼 먹는데도 늘 조마조마해 먹는 즐거움이 사라지고 음식에 대한 거부감까지 생겼다. 배가 고파 시장기를 면하면 여지없이 체해서 드러눕고 마는 내게 지인은 '토르마린 개인용 온열기'를 권했다.

세상에는 병도 많지만 약도 헤아릴 수 없이 많아 상당한 비용을 지출한다. 나 역시 마찬가지였다. 행여나 하고 구입한 것들은 소화기능에는 도움을 주었지만 다른 기관의 말썽으로 돈만 탕진하고 버린 것들이 부지기수였다.

이런 게 무슨 도움이 되겠어. 돈만 내다 버리겠지. 자꾸 권하는 지인이 못마땅해 외면하듯 밀어내면서도 차마 지인을 야박하게 뿌리칠 수 없어 대금을 지불해버렸다.

엉겁결에 떠안은 물건이 침대 곁에 버티고 있었다. 망설이고 망설였다. 밑져야 본전이기도 했지만 뾰족한 방법이 없었다. 다행히 먹는 약이 아니어서 기대 반 우려 반 설명서대로 사용해보기로 했다. 잠을 자는 데 손톱만큼의 도움이라도 받으면 좋고 아니면 말고 하는 가벼운 마음이었다.

표면이 반질반질했다. 딱딱하지만 매끄러웠다. 전기 공급을 해 따뜻해지면 보드랍게 느껴지는 그 촉감에 자꾸 손이 갔다. 만지고만 있어도 좋은 기운이 온몸으로 퍼지는 것 같았다. 전기만 넣어 몸을 데워주면 피로를 녹진녹진 풀어주는 참으로 신기한 물건에 나는 점차 매료되기 시작했다.

체기가 느껴지면 뜨겁게 달군 온열기를 배 위에 얹는다. 그러면 위장이 조금씩 꿈틀거린다. 서서히 몸이 편안해지고 스르르 잠이 들어 꿈까지 꾼다. 어쩌다 수면을 취하더라도 잠시 꾸벅 조는 것이 전부여서인지 온열기를 품고 잠든 첫날 밤의 꿈을 지금도 선명히 기억한다.

고향집 대밭 길을 따라 뒷동산에 올랐다. 지붕을 맞대고 모여 있는 정다운 마을이 한눈에 들어왔다. 나의 어린 시절을 살찌우고, 여린 감성의 근육이 형성된 곳, 가족 모두 떠나버려서 그리움만 안겨주던 마을을 꿈속에서나마 맘껏 안아보고 더듬어보았다. 스토리가 선명한 꿈이 그리웠는데, 어린 시절 소꿉장난을 하던 고향집 대추나

무 그늘에 앉아보고 싶었는데, 소원이 이루어진 것처럼 꿈을 꾼 것이었다. 장자의 호접몽이거나 굼벵이를 움켜 쥔 꿈이라도 꾸고 싶어 발버둥치던 시간이 파노라마처럼 스쳐 지나갔다. 그런 잠의 호사는 내게 영원히 오지 않을 줄 알았다. 잠을 푹 자고 난 후 개운하고 맑은 세상이라니, 얼마나 갈망했던가, 얼마나 꾸어보고 싶었던 꿈인가!

나는 밤만 되면 가장 먼저 온열기에 전원을 꽂는다. 한 번 충전하면 대여섯 시간은 따뜻해 달콤한 꿈을 꿀 수 있다. 컨디션이 안 좋다 싶으면 미리 수지침으로 손가락을 따고 달달한 차 한 잔을 마신 후 뜨겁게 달궈진 그것을 품고 자리에 눕는다. 그러면 그것이 나의 숙면을 도와주고 갈망하던 꿈을 선사한다. 언제까지 나를 지배해도 좋을 단단하고 매끄러운 돌덩이, 밤의 묘약, 꿈의 묘약인 온열기는 누가 뭐래도 세상에서 나와 가장 가까운 사이다.

조연향

돌확, 나의 소박한 연못

첫 시심(詩心)을 위한 연가

조연향

경북 영천에서 태어났다. 경희대학교 대학원 국문과에서 박사학위를 취득했으며,
1994년 『경남신문』 신춘문예, 계간지 『시와 시학』 신인상으로 등단했다. 저서에
『김소월 백석 민속성 연구』, 시집으로 『제 1초소 새들 날아가다』 『오목눈숲새 이야
기』 『토네이토 딸기』 등이 있다. 현재 경희대와 육군사관학교에 출강하고 있다.

돌확,
나의 소박한 연못

　언제부터였던가 나는 창가 돌확에 물을 채우고 수초를 넣어주었다. 옛 우물이나 작은 연못을 떠올리며 내 맘속에 들여놓기 시작했던 것이다. 우리 마을 뒷산 골짜기에 '지당'이라는 작은 연못이 있었는데 그곳에는 해마다 연꽃이 피고 물자라와 물방개가 헤엄치곤 했다. 그러나 아무도 그 지당못에 들어가서 헤엄을 치고 물놀이를 한 적은 없었던 것 같다.

　산비탈 아래 청석이 많은 큰 못에서는 초여름부터 아낙네들이 빨래를 하고 동네 아이들이 모여서 무릎을 깨면서 물놀이를 재미있게 하며 놀았었다. 그러나 뒷산 중

턱 작은 골짜기에 숨어 있던 지당못은 연꽃이나 물옥잠, 물마름꽃들과 초록의 식물들로 덮여 있었고 잠자리 떼와 물맴이들이 헤엄치는 곳인 줄 알았던 것이다. 숨차게 산중턱에 올라서 조금 땀을 식히며 골짜기 아래를 내려다보다가 마을로 내려오곤 했었다. 내게 어쩌면 조금은 비밀스럽거나 성스러운 지점으로 남아 있는지도 모르겠다.

우연히 돌확을 두면서 어릴 적 골짜기의 그 작은 연못을 생각한다는 것이 가당하기는 한 것인지 모르겠으나, 그 속에 작은 생명이 움직이고 있다는 것이 그러하다.

원래 돌확은 차돌멩이로 음식 재료, 들깨나 고춧가루 찹쌀가루를 으깨기 위한 가재도구였던 것이다. 명절날이면 찐 찹쌀을 저 속에 넣고 방망이로 찧어서 인절미를 빚어내던 그때가 눈에 선하다. 물고추를 찧어서 김치 양념을 만들고, 들깻가루를 갈아 채에 걸러서 뭇국을 끓여주시던 투박한 시절이 어른거린다. 이제 편리한 전자제품이 역할을 대신하게 되었지만, 그 시절에 우리네 삶에 없어서는 안 되었던 도구들을 나는 사랑한다. 그렇다고 골동품 수집에 취미가 있는 것은 아니다. 다만 예전부터 내려오던 것들을 그냥 간직하고 있는 편이다. 다듬잇돌, 다식판, 놋화로 이런 것들은 옛 손길들을 생각하게 한다. 하지만 저 돌확은 골동품도 아니고, 그때의 추억과 정경을 떠올릴 수 있어서 들여놓았지만, 생각해보니 20여 년 세월을 나와 함께 나이를 먹어가고 있는 중이다.

저 돌확에 물을 담아둘 수 있다는 사실에 무척 강한 이끌림을 느꼈다. 음양오행설로 보면 내 사주에는 목(木)이 두 개나 있어서 물을 좋아한다는 것이다. 그래서 그런가 보다. 평소에 또 물을 무척 많이 마시기도 하거니와 물가를 늘 그리워한다. 누구든 그러하겠지만 하늘에서 내리는 빗소리는 청량하기 그지없지 않은가. 투명한 햇살이 내리쬐는 것도 좋지만, 길게 소나기가 쏟아지고 바람이 불 때면 마치 내가 나뭇가지처럼 시원해진다.

그리고, 주방 한편 작은 소반에 물을 한 사발씩 떠놓게 되었다. 자연과 우주의 어떤 신이한 힘에 기대는 행위인

조연향 _ 돌확, 나의 소박한 연못

지는 모르겠으나, 마치 장독대에 찬물을 올려놓고 우리 안위를 빌어주시던 어머니의 손길과 그 정성에 닿고 싶어서일 것이다. 내 삶이 저 물처럼 깨끗하고 정갈하게 정화되었으면 하는 생각도 하면서. 자식들과 가족들의 안위까지 담는다면 더할 나위가 없겠다. 한편 돌확의 물도 정화수라고 생각하고 자주 물을 갈아주고 예쁜 자갈도 깔아주었다.

그러던 어느 날, 5, 6년 전쯤이었던가 싶다. 투명한 유리 어항은 아니지만, 열대어 구피 몇 마리를 사다 넣어주고 제법 모양새를 갖추어주었다. 그런데 한 번씩 많은 새끼를 낳고 그랬는데 여름날 창가에 있는 물의 온도가 너무 높아 거의 다 죽어버리는 것이었다. 물에 둥둥 떠오르는 물고기 시체들을 건져 화분 밑에 묻어주었다. 그 뒤 혼자 남은 그 한 마리의 구피가 너무 외로워 보여서 가끔 몇 마리씩 사다 넣어주었지만, 결국은 다 죽고 그 한 마리만 아직도 잘 살아 있다.

우리 집 이무기, 구피는 돌멩이 밑에 숨어 있거나 꼬리를 찰랑거리면서 저 혼자만의 용궁을 지키며 유유히 유

문득, 로그인

영하고 있는 듯하다. 아, 그런데 아주 쬐그만 올갱이 새끼 몇 마리도 돌벽에 붙어서 꼼지락거린다. 아마 적벽강이나 남한강에서 주워 온 돌멩이에 알이 붙어 있었던가 보다.

"저 올갱이는 키워서 국 끓여 먹어도 되겠네."

"저 미물들을 보고 먹는 생각부터 하다니."

"그런데 구피 쟤는 암놈일까 수놈일까?"

"이 바보야, 저런 고기는 암놈도 되고 수놈도 되는 거야."

"후후. 정말 그런가. 그런데 그 선홍색의 지느러미와 꼬리가 왜 저리 짙은 갈색으로 변해버린 것일까?"

"열대어는 물의 온도가 너무 높으면 검은 색깔로 변한대."

"아무래도 수놈 같아. 늙어빠진 홀아비 같기도 하지?"

"뭐 꼭 심술만 남은 과부 같구먼!"

우리는 얕은 물속을 들여다보며 이렇게 말도 되지 않

은 말을 주고받는다. 아이들이 다 떠나고 난 뒤, 집은 조용하다. 어디서도 사람 기척이 없고, 나 역시 아무 짓도 안 하고 멍청히 있으면, 이것은 무엇인가, 저물어가는 하루처럼 내 앞에는 어떤 새로움과 희망과 열정도 사라진 것 같다. 살아 있다는 것에 대한 질문을 저 돌확은 묵묵히 받아주는 척 늘 그대로 무겁고 변함이 없어서 좋다.

오늘따라 화분의 잎들도 겨우 숨 쉬는 듯하다. 얼마 전 큰 수술을 하신 넷째 오빠 병세는 조금씩 회복되고 계신가? 혼자 되신 큰 형부와 큰 올케에게도 오래 소식 드리지 못했다. 스승과 선배님, 형제, 친구, 아이들, 나와 관계된 얼굴들이 스쳐갔다. 고요 속에서도 제라늄은 잎과 꽃잎을 피우고 향기를 퍼뜨린다. 물속 이랑을 만들며 움직이는 저놈을 툭 건드려본다. 무사히 살아 있다.

물속에는 맞은편 건물과 하늘, 그리고 구름이 비쳐 들기도 한다. 밤이면 혹 달이라도 비쳐 들까, 거실의 불을 끄고 그 속 더 가까이 가보는 것이다. 창을 열고 밤하늘을 올려다보다가 이 물속에 밤하늘의 어둠이 여기까지

드리워졌는지 캄캄한 물속을 본다. 어릴 적 마당귀가 약간 허물어진 틈으로 도랑물이 흘러가는 것 같기도 하고 일찍 뜬 별이 비치는 듯, 연못의 개구리와 물방개가 튀어오르는 듯.

오정희의 『옛 우물』에는 비단 잉어가 살고 있었다지만, 나의 소박한 연못은 이무기를 키우고, 올갱이 새끼를 키운다. 그 무엇도 저 살아 있음을 확고히 지켜주거나 영원을 약속할 수 없다. 살아 있음이 움직이는 것이라 할 수 있다면, 이 돌확은 삶과 죽음과는 무관하게, 살아 있는 시간을 껴안은 채 한 공간을 차지하고 있는 것일까.

천적도 없이 살아가는 이무기의 몸짓을 보고서야 나 또한 이 순간, 숨 쉬고 있음을 확인하기도 하다니, 속으로 작은 실소를 머금고 한 줌 먹이를 뿌려준다. 그래 그래 부지런히 움직여라, 어릴 적 우물에 빠져서 알 수 없는 심연의 저 바닥 아래까지 내려가서 다시 둥실 떠오르던 내 몸 위로 물이랑이 휩쓸고 지난다. 한 번도 들어가 보지 못했던 지당못에 손가락을 넣어 휘젓는다. 여전히

물은 투명하지만, 그 비밀을 다 풀 수 없다. 물을 껴안고 있는 저 돌확도 같이 이 순간 살아 숨 쉬고 있는 것일까?

문득, 로그인

첫 시심(詩心)을 위한 연가

배를 타고 강을 건너는데 빈 배가 흘러와서

이쪽 배에 부딪혔다면

아무리 속이 좁아 화를 잘 내는 사람이 타고 있었
더라도 화를 내지 않았겠지만

한 사람이라도 그 배에 타고 있으면 소리쳐 피하
라거나

물러가라 할 것이니

한 번 외쳐서 듣지 않고 두 번 외쳐서 듣지 않아서

이에 세 번째 외칠 때에는 반드시 욕설이 따를 것
이니

아까는 화를 내지 않았는데 지금은 화를 내는 것은

　그때는 빈 배였지만, 지금은 사람이 타고 있기 때

문입니다

　사람도 자신을 텅 비우고 살아간다면

　누가 그에게 해를 끼칠 수 있겠습니까

　莊子外篇 山木

　　　　　　　조연향 詩人의 精進을 사랑하며

　　　　　　　　　壬午年 歲暮 ○○○

　재재거리며 지나가는 여중생을 보면 쟤들도 이제 보송
보송 솜털을 겨우 벗는 중이구나, 자유스러운 복장에다
요란하게 화장까지 한 소녀들.

　누구에게나 저런 시절이 있었지. 그때를 영원히 잊지
못하는 것은 내 삶에 영향을 준 어떤 고리가 지금까지 연
결되어 있어서일 것이다. 내 나이 40대 중반에야 옛 스승
으로부터 받아 든 옥서, 그것을 바라볼 때마다 아주 오래
전 내 가슴에서 지워지지 않은 그 기억을 다시 불러일으
키곤 한다.

목조 계단의 삐걱거리는 소리가 아직 여기까지 들리는 듯하다. 수업 시작을 알리는 종소리가 울려 퍼지면 선생님들이 슬리퍼를 끌고 복도를 천천히 걸어오시고 요란하던 교실도 이내 잠잠해진다. 그때 총각 선생님이 두 분 계셨는데 수학 선생님과 국어 선생님이셨다. 이 두 선생님은 우리 여중생들에게는 지금의 연예인 그 이상이었고 인기절정의 쌍두마차였던 것이다. 아마 그 누구든 어느 한 분은 가슴속에 두지 않은 여학생은 없었을 것 같다. 누구는 수학을 좋아하는데 수학은 또 누구를 더 이뻐하시고, 누가 누가 국어를 더 좋아한다는 등의 이야기가 떠돌았다.

이번 시간은 국어야, 국어. 우리는 반찬 냄새가 나는 교실 창문을 열면서 손으로 냄새를 휘휘 날리곤 했다. 목을 길게 빼서 선생님이 오시는 곳을 바라다보았다. 나는 당연히 국어 쪽이었다. 훤칠한 키에 사슴처럼 목이 길었고 희멀건한 얼굴은 말상같이 길었는데, 좀처럼 표정 변화가 없으신 국어 선생님. 회초리는 그냥 아이들이 떠들면 교탁을 탁탁 두드리는 정도의 도구. 한 번도 화를 내거나 아이들을 혼냈던 일은 없었다. 그러나 언제나 국어 시간은 조용했다.

나는 언제부턴가 그 시간이 내 막막한 감정들을 치유해주는 것 같은 느낌이었다. 정확하게 그것이 무엇인지 몰랐다, 무척 강렬한 것은 아니었으나, 지루한 학교 생활 가운데 어떤 알 수 없는 서광 같은 것이 나를 이끌고 있는 것 같았다. 그때『데미안』과『수레바퀴 밑에서』를 읽었고, 황순원의「소나기」와 김소월과 한용운의 시는 알 듯 모를 듯, 가끔 한 소절씩 베껴 쓰기도 했었다.

유난히 맑고 큰 눈을 가진 H라는 애가 있었는데 선생님을 생각하면 H도 같이 떠오르는 것은 왜일까. 그 아이 역시 선생님을 무척 좋아하는 것 같았고 선생님 역시 제일 이뻐했다. 가끔 선생님은 H와 이야기를 나누었고, H 얼굴은 환희로 가득 차 있던 것을 나는 훔쳐보았다. H와 나는 비교할 수 없었다. 그 아이는 반장이었고, 어딘가 광채가 나는 듯한 얼굴, 커다란 눈망울, 환한 미소 그리고 찰랑찰랑한 머리카락이 더없이 부러웠다. 나는 눈이 작았고, 머리카락도 말총처럼 뻣뻣하고 곱슬곱슬했다, 비만에다 키도 덜 자라 작달막했던 체구, 될 수 있는 대로 선생님 눈에 안 띄고 싶었다.

어느 날 아침 보충수업이었는데 이미 수업은 시작됐고, 복도는 조용했다. 선생님의 소리가 흘러나오고 뒤따라 아이들의 목소리도 들려왔다. 선생님이 '조연현' 하면 아이들도 '조연현', 선생님이 '연현 조' 하면 다시 따라서 '연현 조' 이름을 외는 소리가 우렁차게 흘러나왔다. 시인이며 평론가이신 조연현을 공부하는 시간이었다. 겨우 문을 열고 내 자리에 앉으려는 순간, "진달래는 먹는 꽃 먹을수록 배고픈 꽃", 하필이면 나와 이름이 비슷한 조연현을 공부하고 있다니! 선생님께서는 그냥 태연히 설명을 하고 계실 뿐이었다. 내 가슴이 두근거려서 당황했는지 혹은 나 자신이 너무 부끄러워서 얼굴이 붉어졌는지, 여하튼 그때의 어색한 분위기를 잊을 수 없다. 아마도 볼품없는 내 모습을 들켜버렸다는 생각 때문이었는지도 모르겠다.

가을 소풍 겸 백일장이 열렸는데 '낙엽'이라는 제목으로 시를 쓰게 되었다. "시 제목은 처음부터 생각하고 쓰는 경우도 있으나, 나중에 붙일 수도 있다"는 것과 "오래 제목을 생각하면 무슨 생각이 떠오른다, 그 느낌을 가지런히 움직이는 언어로 표현해보라"는 선생님의 설명이 생각났다. 난생처음 시라는 것을 몇 줄 써서 냈는데 그 시가 장원이라는 소식을 들었다. 그날 처음 선생님 앞에 불려가서 칭찬을 들었다. 그 다음 월요일 운동장에서 조례를 할 때 단상에 올라가 상을 받았다. 그때 가슴이 설렜는지 어땠는지는 잘 모르겠으나, 아마 그때부터 그 선생님을 통해서 도내 백일장에 나가기도 했고 적십자사 주최로 상을 받기도 했다. 뭐 "소리가 철철 날 때까지"라는 구절의 「방패」라는 시가 생각난다. 나도 H처럼 선생님 가까이에서 이야기를 주고받았다는 것은 얼마나 가슴 설레는 일인가. 그러나 아마 그때는 이미 내 감정이 어느 정도 정리되었는지 아무렇지도 않았던 것 같았다.

그동안 얼마의 시간이 흘렀던가. 나이를 먹고 많은 일

들을 겪으며 중학교 시절의 추억은 까마득한 기억일 뿐이라 생각했는데, 동창들 몇이 선생님을 찾아갔었다는 소식을 듣기도 했다. 또한, 멀리 영국에서 국제결혼을 해서 사는 친구조차 고국의 모교를 찾아서 그 국어 선생님을 만났는데, 여전히 멋있더라는 것이다. 그런데 나는 한 번도 그러지 못했다.

내가 문단에 이름을 처음 올리게 되었을 때, 문득, 생각났던 것이다. 시집을 낼 때뿐 아니라, 처음 시를 쓰게 되었던 그때의 일들이 문득문득 머리를 스치고 지나갔다. 다만 그 기억은 아무것에도 강요받지 않은 순수하고 자유로운 감정 같은 것이어서 혼자 한 번씩 꺼내보곤 한다. 성장기 시절 마음이 설레었던 그 순간이 가장 소중한 첫 시심(詩心)이 아니었던가 하고 말이다.

아마 나를 기억하지 못할 것 같기도 하고, 조금 쑥스럽기도 했지만 용기를 내서 졸시집을 보냈던 것이다. 그냥 "1968년 중학교 2학년 때 선생님께 배운 조연향 올림"이라고만 써서, 선생님께 닿기는 할까? 의구심을 담아서 띄

조연향 _ 첫 시심(詩心)을 위한 연가

웠는데, 살다 보면 믿을 수 없는 일들이 가끔 일어난다더니 나에게도 그랬다.

'안드레아'라는 세례명의 답신을 읽어 내려가는 순간이 나는 믿어지지 않았다. 내가 그토록 부러웠던 H가 된 것 같았다. 「엑스레이 사진」이라는 졸시를 언급하시면서 자신의 소회를 적어 보내주신 것이다.

    난 엑스레이의 노이로제에 걸려 '엑스레이 사진'
    앞에서 숨이 멎었네
    70년대 어느 날 방사선과 의사가 '선생님 폐결핵
    입니다'라고 했을 때
    내 육신이 땅으로 꺼지는 느낌이었던 걸 또 느끼
    면서 읽어내려가니
    웬걸……,
    내 뼈이면서 볼 수 없는 내 뼈를 훤히 들여다보고
    살아오고 살아가는 모습을 또 다른 의미에서 찾고
    있는 참으로 좋은 작품이야
    자네 시는 철학이 있구나

132
  문득, 로그인

지워지지도 않고 사라지지도 않을, 언젠가 옛날 옛날처럼 생명력 있게 흐를 것을 약속하며 오늘도 흘러가는 인내의 강으로 살게 안녕

1994.6.14

안드레아

　페가 안 좋으시고 눈도 어두워서, 긴 글보다는 짧은 시가 좋다는 내용이 적혀 있었다.
　요즘은 한시(漢詩)를 쓰신다면서 쓰신 한시 아래 해석도 있었다.

세밑이라 산방에는 서설이 나부끼고
초가집 처마에는 고드름이 주렁주렁
바람 부는 나목엔 짝 부르는 까치 소리,
쓸쓸한 농막엔 차 달이는 연기로다
수목이 영락하니 잣나무가 돋보이고
정국이 어지러우니 명현이 그립구나

갈등과 혼란 슬픔과 기쁨의 미련 속에

제야의 종소리가 송년을 재촉하네

그리고 이 글의 서두(序頭)에 올린 부분은 선생님이 직접 쓰셔서 보내주신 서예 작품이다. 『장자외편(莊子外篇)』「산목(山木)」의 내용이었다. '조연향 시인(詩人)의 정진(精進)을 사랑하며' 내가 누군지 잘 모르시면서 아는 척 능청스럽게 써내려갔을 선생님의 모습이 눈에 선하게 떠오른다. 열등아였던 나를 기억했을까, 내 얼굴을 아실까, 그런 의문이 풀리지 않는다. 지금이라도 한번 뵙는다면 제일 먼저 여쭤보고 싶은 것이다. "선생님 그때의 제가 생각나시나요?" "지금의 자네보다 그때의 자네가 더 중요한가, 이 사람아!" 하시며 허허 웃어 넘기시겠지……

그렇게 서신이 오고 간 시기는 1994년에서 2000년 무렵까지였다. 중학교를 졸업하고는 30여 년의 시간이 흐른 뒤였고 지금으로부터 20여 년 전의 일이다. 파란 종이 위에 쓰신 선생님의 필적을 쓰다듬어본다. 이 책이 나오

면 한번 찾아뵐까. 아직도 건강하게 잘 계시겠지. 80세가
훌쩍 넘었을 선생님의 모습은 어떠실까. 서랍 깊숙이 숨
겨놓았던 편지와 편지봉투. 그 봉투에는 댁 전화번호가
적혀 있지만, 연락을 할 수 없을 것 같다.

귀가 약간 어두우시고, 폐가 안 좋으시고, '안드레아'라
는 세례명으로, 문인화를 하시고 한시(漢詩)를 쓰시는 그
분. 아쉽지만, 지금의 내게는 어쩌면 그냥 오래된 상징으
로 기억되고 있는 것은 아닐까? 우리의 기억은 원래 원본
그대로 다시 재현되는 것은 아니지 않을까. 이미지는 새
롭게 진화되고 또 다른 기억을 만들어내는 것인지도.

그러나 액자 속에 흘러내리는 저 먹빛의 문자에서 스
며 나오는 침묵의 전언은 무엇인지. 아마 결단코 그 첫
마음을 잊지 말라고 하시지 않는가.

나는 배를 타고 강을 건너가고 있고, 저 맞은편에 빈
배가 한 척 오고 있는 것 같다. 햇살과 바람과 새소리를
가득 채우고 물결처럼 조용히 흔들리면서 말이다.

조연향 _ 첫 시심(詩心)을 위한 연가

최명숙

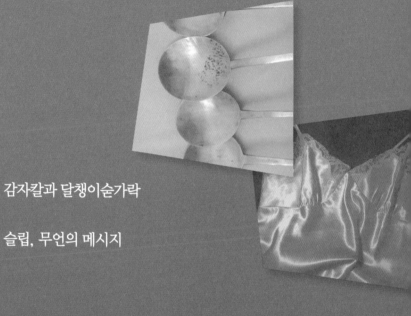

감자칼과 달챙이숟가락

슬립, 무언의 메시지

최명숙

산 높고 골 깊은 산골마을, 언제나 그립고 가 앉고 싶은 그곳, 충북 진천에서 태어나고 자랐다. 가정학과 유아교육을 전공하여 12년 동안 어린이집을 운영했고, 불혹의 나이에 꿈을 꾸던 문학을 공부하여, 동화작가와 소설가가 되었다. 가천대학교 대학원 국어국문학과 졸업, 현재 가천대학교와 한국폴리텍대학에서 강의하며, 노년문학 연구와 창작에 관심을 갖고 있다. 저서로『21세기에 만난 한국 노년소설 연구』『문학콘텐츠 읽기와 쓰기』『문학과 글』, 산문집『오늘도, 나는 꿈을 꾼다』가 있다.

감자칼과
달챙이숟가락

　부엌 국자걸이 옆에 감자칼이 걸려 있다. 짙은 분홍색 손잡이에 금속 칼날이 달린 감자 깎는 칼. 요즘 편리하게 쓰는 부엌 도구 중 하나다. 어느 집이나 한두 개쯤 있을 것 같다.

　감자칼은 딱히 감자뿐 아니라 무나 당근 등의 껍질을 벗길 때도 편리하다. 무엇보다 껍질이 얇게 깎인다. 우리 집에서 쓰는 감자칼은 전에 쓰던 것과 달리 칼날이 톱니처럼 생겼다. 그러니 손을 벨 염려가 거의 없고 슬슬 밀어도 잘 벗겨진다. 또 감자나 무를 깎아놓으면 가슬가슬한 감촉이 새롭다.

감자칼로 감자를 깎을 때마다 생각나는 게 있다. 어느 집이나 한두 개쯤 있게 마련인 달챙이숟가락이다. 지금은 거의 사라졌지만.

반쯤 닳은 데다 손잡이에 드문드문 푸릇한 녹이 묻어 있던 놋숟가락, 칼을 사용하기 어중간할 때 부엌에서 흔히 쓰던 것이다.

쓰고 나서 휘딱 부뚜막이나 설거지통에 던져놓았다가 누룽지를 긁거나 무쇠솥에 눌어붙은 밥풀을 뗄 때, 감자 껍질을 벗기거나 무 껍질을 벗길 때, 제사 때 조기 비늘을 벗길 때 등 휘뚜루마뚜루 쓰던 것, 그것이 바로 달챙이숟가락이다. 어느 집이나 대개 자루가 약간 휘었거나, 못생겼지만 버리기 아까운 것 중 하나가 달챙이숟가락이 되었다.

우리 집에도 달챙이숟가락이 하나 있었다. 나는 감자 껍질을 벗길 때 그 숟가락을 사용했다. 밭일 나간 할머니와 어머니를 대신하여, 감자 껍질을 벗겨 솥에 찌는 일, 그건 대개 여남은 살 먹은 내 차지였다. 옹배기에 반쯤이나 담긴 감자를 꺼내 껍질을 벗기는 일이, 어린 나에게 쉽지 않았다. 지루했고, 힘들었고, 더웠다. 그래도 밭일하고 돌아올 할머니와 어머니가 배고플 것을 생각하며 꾹 참고 껍질을 벗겼다.

동생들은 감자 언제 찌느냐고 들며날며 자꾸 물어, 마음을 더 바쁘게 만들곤 했다. 달챙이숟가락으로 감자 껍질을 긁어 벗기고 나면, 감자즙이 얼굴과 목에 튀어 뽀얗게 말라붙어 있었다.

그렇게 껍질 벗긴 감자는 안마당 한쪽에 놓인 화덕 위 양은솥에 담겨, 푸푸 소리를 내며 익어갔다. 뜸을 들이기 위해 마른 보릿짚을 화덕에 조금 밀어 넣을 때면, 목덜미와 얼굴에 땀이 주르르 흘렀다.

"언니, 감자 언제 익어?"

"누나, 감자 다 익었어?"

땀에 옷이 척척 들러붙어 기분이 언짢은데, 철없는 동생들은 풀방구리에 쥐 드나들듯 집 안팎을 드나들며 몇 번이고 물었다. 내가 짜증 섞인 표정으로 눈을 한번 흘기면, 동생들은 내 눈치를 보며 슬금슬금 뒷걸음질치다가 바깥마당으로 뛰어 달아났다. 그 모습을 떠올리면 지금도 슬며시 웃음이 나온다. 몇 살 더 먹은 위세가 그렇게 당당했나 싶어서.

바지랑대 높이 세운 빨랫줄에 빨래가 버쩍버쩍 말라가고, 가끔씩 건듯 부는 하늬바람에 마른 빨래가 약간 흔들렸다. 바지랑대 끝에는 된장잠자리가 한 마리 앉아 있기도 했다. 까만 단발머리 위로 쏟아지는 햇볕에 머리가 따끈거렸고, 마당 가득 널어놓은 노란 보릿짚은 여름 뙤약볕에 반짝거리며 말라갔다. 하늘은 구름 한 점도 없이 푸르고 푸르렀다. 그 푸른 하늘 위로 감자 익는 고소한 냄새가 높이 올라 퍼져나갔다.

그쯤이면 감자껍질 벗기느라 힘들었던 마음도 싹 사라졌다. 그때 양은솥에 찐 감자 맛은 무엇과 바꿀 수 없는 최고의 맛이었다. 이제 다시는 재생될 수 없는.

달챙이숟가락은 하루에 몇 번씩 꼭 쓰였던 듯하다. 감자나 무 껍질을 벗기는 데뿐 아니라, 무쇠솥 바닥에 눌어붙은 누룽지를 긁어내는 데도 안성맞춤이었다. 그러다

보니 닳아서 달챙이가 되었겠지만.

두껍게 눌어붙은 것은 달챙이숟가락을 세워서 툭툭 떼듯이 하면 잘 떨어졌고, 얇게 눌어붙은 것은 박박 긁으면 잘 떨어졌다. 그렇게 떼어내고 긁어낸 누룽지는 세상에 둘도 없는 맛난 간식이었다.

이제 막 음식을 먹기 시작하는 아기들이나 치아가 시원찮은 노인들에게 달챙이숟가락처럼 요긴한 게 또 있을까. 과일이나 채소를 긁어 잘게 만들 수 있었으니. 채소나 과일을 갈거나 즙을 내기 위해서 돌확이나 맷돌을 쓰던 시절의 이야기다. 과일을 반으로 쪼개어 가운데 씨를 파내고 달챙이숟가락으로 살살 긁어내서 오목한 숟가락 안에 가득 고인 과즙과 과육을 입에 넣으면 쉽게 삼킬 수 있었다. 그러니 노인이나 아기들에게 이보다 더 요긴한 게 있을까.

치아가 모두 빠져 입이 합죽한 고모할머니가 계셨다. 그 할머니가 우리 집에 오시면 어머니는 사과나 복숭아를 뚝 잘라 달챙이숟가락과 함께 내오셨다. 과일을 긁어서 합죽한 입으로 우물우물 꿀꺽 삼키던 모습이 어제인

듯 눈에 선하다. 그렇게 잡수시다가 한 번씩 우리에게도 한입 넣어주시면, 달콤한 과즙이 입안에 가득해지면서 어찌나 맛나던지.

봄이 가까울 무렵 어머니는 땅속 깊이 묻어두었던 무를 꺼내다가 네모지게 썰어 깍두기를 담거나 잘게 채썰어 생채를 만드셨다. 어슷어슷 썰어 옹솥에 달달 볶다가 동태 한 마리 토막 쳐서 넣고 보글보글 동태찌개를 끓이기도 했다. 그 무 껍질을 벗기는 데에도 달챙이가 안성맞춤으로 쓰였다. 뒤란의 무 구덩이 앞에 앉아 껍질을 벗기는 어머니의 잰 손질과 단정하게 묶은 행주치마 끈이 눈앞에 보이는 듯하다. 득득 무 껍질 벗기는 소리가 들리는 듯도 하고.

이렇게 저렇게 부딪치고 긁히면서 달챙이숟가락은 닳아져 갔다. 하지만 쓰고 나면 부뚜막 한쪽에 아무렇게나 던져놓았다. 때로는 설거지통에 담겨 있기도 하고. 설거지를 마친 후에도 다른 멀쩡한 숟가락이나 젓가락처럼 수저통에 들어가지 못하고 그 옆에 아무렇게나 놓이기

일쑤였다. 달챙이는 숟가락이지만 밥을 먹는 용도로 쓰이지 못했기 때문이다. 부엌에서 궂은일을 담당하는 도구였을 뿐이다. 대우는 형편없었지만 무엇보다 요긴하게 쓰였다.

이제 오늘날 부엌에서 달챙이숟가락은 사라졌다. 그러나 내 마음속에는 여전히 남아 있다. 감자칼을 쓸 때 더 생각난다. 날마다 닳아져 반달만큼 남은, 요긴하게 쓰이면서도 정작 수저통에 들어가지 못하고 어딘가에 내던져 있던 겸손한(?), 쓰이는 만큼 정당한 대우를 받지 못했던, 그 숟가락. 그러나 부엌에서나 어디서나 두루두루 쓰였던 달챙이숟가락이.

필요에 따라 새로운 도구들이 날마다 생겨나 우리의 삶을 한없이 편리하게 만드는 요즘이다. 편리한 것을 따라 사는 게, 몸은 편할지 모르겠다. 하지만 살면서 저절로 깨닫게 되는 게 적어지지 않을까 싶다.

이참에 못난 숟가락 하나 찾아 달챙이숟가락으로 만들어볼까. 그러면서 편리한 것들에 잠식되어가는 나를 단속하고, 작은 것에도 우쭐하는 못난 마음도 가지런하게 다스려볼까. 행한 것보다 더 대우받기 바라는 부조리한 마음도 긁어내고. 거칠고 모난 마음과 행동이 닳아져, 휘뚜루마뚜루 요긴하게 쓰이는 나를 기대하면서.

슬립,
무언의 메시지

내게 특별한 속옷이 하나 있다. 스무 살 때 영이가 생일 선물로 보내준 슬립이다. 가느다랗게 흘러내린 어깨끈 아래로 야슬야슬한 레이스가 달린 와인 색깔의 슬립은 흑장미처럼 고혹적이었다. 감촉 또한 보드랍고 매끈거렸다. 그것을 받았을 때 처음으로 멋을 내고 싶다는 생각이 들었다. 그 나이가 되도록 내게 '멋'은 사치라고만 생각했는데, 그 슬립 때문에 모양을 내고 싶은 마음이 봄날의 아지랑이처럼 피어올랐다. 어려운 집안의 장녀 자리는 나를 애늙은이로 만들었다. 멋 부리고 이성에 관심 갖는 시기를 무심하게 넘길 정도로.

영이를 만난 것은 열여덟 살 때, 먼 친척의 소개로 들어간 옷 만드는 회사의 기숙사에서였다. 사감의 안내로 방에 들어가니 나보다 이틀 먼저 입사한 영이가 잇속을 하얗게 드러내며 웃어주었다. 입매가 예쁜, 여드름이 얼굴을 반쯤 덮은 아이였다. 고단한 삶의 현실 때문에 늘 심드렁했던 나는 별 대꾸 없이 그 옆자리 사물함을 배정받았다. 세 평 남짓한 방에서 10여 명의 소녀들이 생활하는 기숙사는 불편하고 답답했다. 몇 권의 책과 이불 그리고 옷가지가 좁은 사물함에 비집고 들어 있는 것처럼, 나도 그랬다. 밤 열 시면 일제히 불을 끄는 기숙사 방에서, 트랜지스터 라디오를 작게 켜놓고 세상을 향해 기척을 냈다. 전혀 다른 세상에 와 있는 듯한 괴리감, 홀로 겪어야 한다는 외로움, 이런 삶이 계속될지도 모른다는 두려움과 열등감, 이러 등등한 것들과 싸우고 갈등하며 견뎠다.

얌전하고 부지런하며 긍정적인 영이, 가정이나 회사에 대한 불평불만을 토로하면서도 장난기 많은 현이, 생각이 많고 쓸데없이 진지했던 나, 우리 셋은 금세 친구가 되었다. 영이와 현이의 너그러움과 장난스러움이, 현실을 심드렁하게 생각하던 나의 마음을 조금씩 열게 만들었다. 같은 부서에서 일하는 우리는 종일 붙어 있다시피 했다. 같이 밥 먹고, 일하고, 잠들었다. 그리고 쉬는 날이면 셋이서 가끔 외출을 했다. 근처 테니스장 주변을 산책하며 시답잖은 이야기를 나누며 웃었다. 그때 우리 셋 모두 중학교만 졸업한 소녀들이었다. 내가 어떤 방법이든 공부를 더 하자고 말했다. 영이와 현이는 싫다고 했다. 그들은 나와 달랐다. 집안 형편이 어려운 편이 아니었고, 공부를 하겠다는 의지도 없었다.

영이와 현이는 나름대로 회사 생활에 만족하며, 그 나이에 걸맞게 멋도 좀 부렸다. 월급을 타면 옷과 구두를 사며 즐거워했다. 월급의 우수리만 떼고 집으로 모두 송금하던 나는 가끔 그들의 홀가분한 처지가 부러웠다. 그럴 때면 집안에서 짊어지고 있는 내 짐이 더 무겁게 생각되어 휘청거렸다. 잠들기 전에 몰래 숨죽여 울었고, 현실을 이겨내리라 다짐하기도 했다. 그러면서 조금씩 단단해져갔다. 그곳에서 이태를 보내는 동안 그 삶에 그런대로 익숙해졌고, 미래를 준비하려는 마음의 여유도 생겼다.

그러다 스무 살 되던 해에 나는 어렵사리 고등학교에 입학했고 그 회사를 떠나게 되었다. 두 친구와 자연스레 이별했다. 시무룩하던 현이의 모습과 여전히 밝은 모습으로 편지하겠다던 영이를 뒤로하고. 새로운 꿈을 안고 그곳을 떠나면서 앞으로 지내게 될 집 주소를 알려주었다. 그해 깊어가는 가을 끝자락에 영이로부터 소포가 왔다. 생일을 축하한다는 편지와 함께. 슬립이었다.

입어보았다. 내게 꼭 맞았다. 거울에 비친 모습을 보고 공연히 얼굴이 붉어졌다. 가슴도 약간 두근거렸다. 새 옷을 사서 입고 싶었다. 그 나이가 되도록 화장을 해본 적 없고, 구두를 신어본 적 없었다. 그것에 대한 불평을 하지 않았던 것은, 나름대로의 자존감 때문이었을지 모른다. 아무튼 그 슬립을 입어보면서 멋을 내고 싶은 생각이 처음으로 들었다. 예쁜 투피스를 입는 상상도 해보았다. 웅크리고 있던 감성이 기지개를 켜는 느낌이었다.

그러나 그 후로 슬립을 입지 못했다. 청바지 두 개와

운동화로 사계절을 보내는 내게 슬립이 무슨 소용이 있
겠는가. 그러면서도 가끔 꺼내보곤 했다. 생활 터전을 옮
길 때마다 그 슬립은 나와 함께 옮겨 다녔다. 그런데도
결혼 전까지 입을 기회가 없었고, 결혼할 때는 맞지 않아
못 입었다. 예단으로 받은 예쁜 투피스가 세 벌이나 되었
는데도.

　딸이 스무 살쯤 되었을 때다. 장롱 정리를 하다 슬립을
꺼내서, 딸에게 입겠느냐고 물었다.
　"어머! 싫어요! 요즘 누가 그런 걸 입어요?"
　기겁을 했다.
　"왜애. 예쁘잖아. 치마 입을 때 속에 입어봐."
　"참나! 예쁘면 엄마나 입으세요. 이상하셔."
　숫제 나를 이상한 사람 취급이다. 내가 스무 살 적에
받은 선물이니 의미 있지 않느냐고, 엄마 것 내려 입는
게 얼마나 아름다운 모습이냐고, 이 말 저 말 해봤지만
딸은 아예 들은 척도 하지 않았다. 딸의 눈에는 촌스럽게
보일 수 있고, 필요치도 않을 거라는 걸 안다. 내가 못 입

어본 것이니 딸에게라도 입혀보고 싶은 마음이 들었을 뿐이다.

"입지 못할 거면 그냥 과감히 버리세웟! 사람 괴롭히지 말고."

딸은 여지를 남기지 않은 채 냉정하게 말했다.

그래도 나는 슬립을 버리지 못했다. 40년도 더 지난 지금까지 장롱 서랍 맨 아래에 보관돼 있다. 처음 그 선물을 받고 설레던 마음, 멋쟁이 숙녀처럼 옷을 잘 갖추어 입고 싶던 여자의 마음, 무엇보다 매사에 긍정적이던 영이의 마음, 슬립을 고를 때 키득거렸을 현이의 마음, 그 예쁜 마음들을 잊고 싶지 않아서다. 내 꿈을 위해 더듬거리며 길을 찾고 준비하던 스무 살의 나를 잊어버리고 싶지 않아서다. 아니, 결핍으로 인해 순수가 어느 때보다 빛났던 그날들이 그리워서인지도 모르겠다. 어쩌면 힘들었던 지난날을 잊고 싶지 않아서일지도. 지난날이 모여 오늘을 만들고, 미래를 엮는 거니까.

또 새롭게 맞이하는 봄이다. 목련이 꽃망울을 터뜨리

고 진달래는 만발한 지 여러 날이다. 목련처럼 순결하고 강인했던 그날, 진달래처럼 순수하고 소박했던 스무 살 시절을 생각하며 슬립을 꺼내본다. 색깔이 전혀 바래지 않은 채 그대로다. 야슬야슬한 레이스 또한 여전하다. 영이와 현이의 얼굴이 이제는 빛바랜 사진처럼 어슴푸레한데……. 두 친구가 보내는 무언의 메시지일까, 변함없는 마음으로 나를 응원하고 있다는.

한봉숙

연꽃 모양 바늘꽂이

나의 반려식물 군자란

한봉숙

충남 보령에서 태어나 무역학과 교육학을 전공하였다. 출판인으로 현재 푸른사상사를 설립하여 문학, 역사, 문화, 청소년 등 다양한 분야의 도서를 발행하고 있으며, 문학 잡지 계간『푸른사상』의 발행인이다. 함께 쓴 책『꽃 진 자리에 어버이 사랑』이 있다.

연꽃 모양
바늘꽂이

딸아이 결혼을 앞두고 뭐라도 더 챙겨줄 게 없나 하는 생각에 집안 구석구석을 뒤지다가 보관함 속에 넣어두었던 광목천 뭉치 아래에서 연꽃 모양의 바늘꽂이를 발견했다.

"네 안에 이런 취향도 있었네. 너도 천상 여자였구나."

그런 말과 함께 친구가 선물한 것이었다. 다양한 취미에 도전하던 내가 한창 수예에 흥미를 붙였을 무렵이었다.

초록색 쿠션을 귀여운 여섯 동자가 연꽃잎 모양으로 받치고 있는 바늘꽂이는 너무 예뻐서 바늘을 꽂을 수가 없었다. 그래서 나는 보관함 속에 깊이 넣어두었던 것 같다. 이후 그 친구와의 관계가 불편해졌을 때 그 흔적을 지워버리려고 그동안 받았던 책이나 신발 같은 다른 선물을 비롯해서 그와 관련된 모든 것을 정리했다고 생각했는데, 이 바늘꽂이가 남아 있을 줄은 몰랐다. 앙증스러운 바늘꽂이는 많은 사연을 그대로 담은 채 깊은 곳에 숨어서 긴 세월을 보내고 있었던 것이다.

그 바늘꽂이를 발견한 순간 불쑥 떠오른 옛 기억을 외면하면서 그것을 다시 집어넣으려고 했다. 그러나 바늘꽂이는 지금의 나를 만든, 때로는 묻어버리고 싶지만 결코 잊을 수 없는 과거의 시간 속으로 나를 데려갔다.

스무 살 젊은 시절, 열 명의 친구가 모여 모임을 만들었다. 지금은 수시로 만나서 수다를 떠는 친구 사이지만 나이를 먹고 결혼을 하면 만나기 쉽지 않을 테니, 모임을 만들어 어떻게든 인연을 이어가자는 마음에서였다. 모임 이름은 'Young'이라고 지었다. 항상 젊게 살자는 의미였다. 수십 년 시간이 겹겹이 쌓이면서 그 시간만큼이나 많은 사연과 추억들이 빛바랜 다이어리 속에 남아 있다. 열 명으로 시작한 'Young' 모임이었지만 이런저런 사정으로 지금은 다섯 명만이 모임을 이어가고 있다.

모임 초창기만 해도 결혼 적령기가 25~28세 정도였다. 친구들은 적당한 때에 하나둘씩 결혼을 했다. 해가 바뀔 때마다 누군가 결혼해서 떠나갔고, 어쩌다 보니 결혼이 늦어진 그 친구와 나는 특히 자주 만나면서 사이가 더욱 더 돈독해졌다.

사회생활에 힘든 일을 겪을 때마다 한잔 술과 함께 서로를 다독여주었고, 매년 연말이 되면 '결혼 전 마지막이 될지도 모르니까'라고 핑계를 대며 둘이서 여행도 자주 다니곤 했었다.

나는 그 친구에게 정신적으로도 물질적으로도 많이 의지했었다. 내가 꿈꾸던 일을 시작할 때 적극적으로 지지하고 용기와 자신감을 심어준 것도 그였다. 오랫동안 내가 하고 싶었던 일이었기에, 나는 그동안 저축했던 자금을 투자하고 열정적으로 뛰었다. 그저 내가 제일 잘할 수 있는 일이라고 생각하여 겁도 없이 뛰어들었지만, 그래도 비상시에 쓸 자금이 필요할 것 같아 나머지 돈을 그 친구에게 맡겼다. 자금 운용에 대해서라면 나는 은행보다 그를 더 신뢰했다. 일을 시작할 만큼 저축을 할 수 있었던 것도 그 친구 덕분이었다.

하지만 그때가 마침 IMF 시절이었다. 멀쩡하던 은행이 퇴출되기도 하고 문제가 없던 기업들도 어려움을 겪었다. 기업 하나가 휘청하면 그 여파로 다른 기업들이 연쇄적으로 부도 처리됐다. 온 나라가 파산지경이었다. 그 친구 역시 경제적으로 난관에 봉착하여 내가 맡겼던 돈을 돌려주기 어렵게 됐다는 것이었다.

그에게서 그 말을 듣는 순간, 눈앞이 캄캄해지고 말문이 턱 막혔다. 너무 막막해서 일이 손에 잡히지도 않고 밤에도 잠이 오지 않았다. 믿었던 친구였기에 배신감이 더 컸다. 그 돈은, 지금도 큰 돈이지만 당시 가치로는 중심가에 건물 한 채를 살 수 있을 정도의 액수였다. 그때 느낌으로는 자다가도 벌떡 일어날 정도의 거액이었다.

문득, 로그인

그는 3년만 시간을 달라고 했고, 매년 12월 30일에 나누어 갚겠다는 지불각서까지 써주었다. 몇 년 전만 해도 한 해를 마무리하며 이번에는 어디로 여행을 갈까 즐겁게 계획을 짜며 행복했던 연말이 이제는 서로에게 고통스럽고 껄끄러운 시기가 되어버렸다.

  1년이 지나고 2년이 지났다. 지불각서까지 써놓고도 그는 소식이 없었다. 기다리다 더는 견딜 수 없어 무조건 찾아갔지만 피폐해진 얼굴을 보면 아무 말도 나오지 않았다.

  "네 것은 꼭 정리해줄게."

  그냥 되돌아 나오는 내게 그는 그렇게 말했다.

  열심히 일해서 갚아주겠다는 말만 믿고 다시 기약 없이 기다렸다. 그렇게 3년이 지날 때쯤 건강이 좋지 않다는 소식이 들렸다. 관여하고 있던 기업들의 연쇄 부도로 인한 스트레스 때문이었는지 유방암 말기 판정을 받았다는 것이었다. 수술을 받고 요양도 하며 좋아지는 듯싶더니, 몇 년을 고생하다 아무 말도 남기지 않고 돌아올 수 없는 곳으로 떠나고 말았다.

조문을 다녀온 친구들이 그 친구의 마지막을 이야기해주며 내 공허한 마음을 달래주었다. 우리는 찜질방에서 밤을 새우며 슬픔을 함께했다. 그가 떠나던 날, 참 많이 울었다.

그는 검소하고 지혜로웠으며 친구들을 배려하고 사랑을 나눌 줄 아는 참된 친구였다. 일할 때는 자신감과 카리스마가 넘쳤고 꿈도 많고 야심만만한 커리어 우먼이었다. 그런 그가 그렇게 어이없이 짧은 생을 살다가 떠난 것이 더 마음 아팠고 믿을 수 없었다.

인생이라는 긴 여정을 가다 보면 훨훨 날아오를 듯이 기분 좋은 일이 있는가 하면 하늘이 무너지고 땅이 꺼질 듯이 낙담하고 절망하며 괴로워해야 하는 일들도 많다. 그가 떠난 뒤, 이 역시 지나가리라 하고 나 스스로를 위로하며 모든 걸 잊어버리자, 내려놓자, 그렇게 마음을 먹었다.

그런데 이 글을 쓰기까지 좀처럼 마음이 열리지 않았다. 가슴이 답답하고 쿡쿡 쑤시고, 그때 그 친구를 미워

하면서도 안타까워하던 복잡한 기분이 다시 되살아나 힘든 시간을 보내야 했다.

하지만 이 기회가 아니면 그에 대한 감정을 정리할 수 없을 것 같았다. 한순간의 불행한 사건으로 인해 그 친구와 함께 보냈던 모든 날들의 좋은 추억까지 없었던 일로 만들 수는 없었다. 그 옛날 우리는 행복했었다. 그 친구와 함께한 일상과 그로 인해 맺어진 인연들은 나에게 축복이었다.

그가 내게 준 행복과 고통은 어디에서도 배울 수 없고 누구도 가르쳐주지 않는 귀한 경험이 되었다. 그가 떠난 후, 진정한 삶의 의미와 가치에 대해 깊이 생각했다. 내가 좋아하는 일에 더욱 열정을 쏟게 되었고, 살다가 또 다른 어려움이 찾아오거나 누군가가 나를 기만하더라도, 최소한 스스로에게 부끄럽지 않도록 나만은 타인에게 아픔을 주지는 말아야겠다고 다짐하며 살아간다.

그가 선물한 연꽃 모양 바늘꽂이에는 바늘 한번 꽂아보지 않았는데, 가만히 들여다보니 수없이 꽂힌 바늘이 보인다. 바늘꽂이가 아니라 내 가슴속 깊이 꽂힌 바늘이다. 실타래처럼 얽히고설킨 과거를 한 올 한 올 풀어내고, 이제는 나 자신이 편해지고 싶어 바늘을 뽑아낸다. 그러니 너도 하늘나라에서 맘 편히 지내렴.

문득. 로그인

나의 반려식물
군자란

햇살이 가득 스며드는 베란다의 식물들과 눈인사를 나누며 아침을 시작한다. 진한 녹색 잎 사이로 붉게 물들어 가는 군자란 꽃봉오리가 아름다운 자태를 뽐내고 있다.

이른 봄 꽃샘추위가 기승을 부리고 눈까지 내리고 바람이 불어도, 변함없이 고고하고 우아하던 초록빛 군자란이 갑자기 생긋 눈웃음을 치듯 던져오는 주홍빛 유혹. 군자란은 나에게 제일 먼저 봄소식을 전해주는 봄의 전령사이다. 군자란은 이른 봄 주홍빛 꽃을 피우고 여름이 되면 꽃 진 자리에 붉은 열매가 달린다. 겨울에도 짙은 초록빛으로 눈을 즐겁게 해준다.

군자란은 남아프리카가 원산지다. 강건하면서도 우아하게 펼쳐지는 군자란의 잎은 낯선 환경에서도 결코 약한 모습을 보이지 않겠다는 의지를 보여주는 듯하다.

20년 전 앞집이 이사를 가면서 군자란 화분을 하나 놓고 갔다. 버리려던 것인지 조그만 화분에 잎이 한두 개만 남은 볼품없는 것이었다. 식물을 좋아하는 나는 그것을 다른 화분에 옮겨 심고 물을 주며 보살폈다. 그 보람이 있어 다시 새순이 나오고 제법 잎을 뻗으며 화려하게 부활했다. 그리고 이듬해 겨울이 싫증날 때쯤 초록 잎 사이에서 불쑥 꽃대가 올라오더니 활짝 꽃이 피어났다.

나는 개와 고양이를 두려워한다. 공원 산책길에서 만나는 작은 강아지도 무서워 피해 다닌다. 직접 키우면 그 두려움이 없어진다 하여 키워보려고도 했지만, 딸들도 나를 닮아서인지 강아지만 보면 내 등 뒤로 숨어버리고 해서 동물을 키우는 것은 포기했다.

그렇지만 식물은 좋아한다. 요새는 반려동물이라는 용어와 짝을 이루어 반려식물이라고 부르기도 한다고 한다. 식물은 동물처럼 즉시적인 소통과 교감을 할 수는 없지만 매일매일 식물과 삶을 함께하다 보면 심신의 안정을 찾을 수 있어서 좋다. 특히 도시에서 사는 우리들은 반려식물을 통해 힐링의 시간을 갖게 된다. 집 안에 놓인 반려식물이 우리에게 자연을 선물해주는 것이다.

『자연치유』의 저자인 칭 리는 '유겐(幽玄)'이라는 일본어로 자연의 아름다움과 신비로움을 설명한다. 한자 그대로 풀이하면 그윽하고 심오한 느낌이랄까. "대나무 위에 비치는 미묘한 대나무 그림자"나 "꽃들로 뒤덮인 언덕으로 지는 석양"을 보는 감정, "돌아갈 생각 없이 울창한 숲을 거닐 때" 느껴지는 감정이 유겐이라는 것이다. 자연 속에 있을 때 우리가 힐링이 되는 것은 그 때문인 것 같다.

자연 속에서는 누구나 그런 힐링의 느낌을 받을 것이다. 어릴 적 시골에서 자라서인지 새로 돋는 연두색 잎을 보면 가슴이 두근거리고 봄을 알리는 진달래꽃과 개나리꽃에 기분이 좋아진다. 어렸을 때 우리 집 마당 살구나무가 기억난다. 4월이면 분홍 꽃이 흐드러지게 피어나고 여름이면 살구가 노랗게 익었다. 그 살구 맛이 아직

혀끝에 감돈다. 이렇게 기억 속에 되살아나는 자연도 정신을 맑게 치유해주고 건강하게 해준다.

5G 시대에 살고 있는 우리는 아침에 일어나면 휴대폰부터 찾아 들고 잠자리에 들 때까지 휴대폰에서 벗어나지 못한다. 사무실에서도 하루종일 이메일을 읽고 업무를 보고 SNS 활동을 하며 휴대폰과 컴퓨터 화면만 들여다본다. 그러다 잠깐, 식물을 바라보면 마음이 안정되고 편안해진다. 피로와 업무 스트레스에 시달리는 나의 오감을 열어주고 심신을 치유해준다. 꽃향기, 신선한 공기, 초록 색깔, 벌레 소리, 바람결…… 이런 것들로 우리는 자연과 다시 연결된다. 자연은 우리에게 긍정적인 사고와 정서, 믿음과 편안함을 제공해준다. "자연과 연결되어 있으면 우리 자신보다 더 큰 세상의 일부임을 깨닫게 해준다."고 한다.

지금 우리 집엔 살구나무가 있는 마당도 없고, 또한 멀리 산이나 들판으로 나가 대자연을 호흡할 시간적 여유도 없지만, 대신 베란다의 초록색 반려식물에서 나는 자연을 만끽한다. 집에 가면 제일 먼저 눈이 가는 것이 반려식물이다. 계절이 바뀌었는데 어디 아픈 곳은 없나 살 피며 교감을 한다.

식물이 나의 반려자라면, 20년이 넘게 함께해온 군자 란이 그 첫 자리를 차지할 것이다. 오랜 세월 지나다 보 니 어느 해인가는 봄가을로 꽃이 두 번씩이나 피었다. 꽃 도 나이가 들어 계절 감각을 잃어가는구나 싶어 영양제 주사를 꽂아주었다. 그랬더니 올해는 건강한 잎과 꽃대 가 세 개나 올라와 화려함을 자랑하며 알게 모르게 존재 감을 드러냈다. 요즘같이 미세먼지가 극성을 부리는 날 엔 실내의 천연 공기청정기 역할을 톡톡히 해준다.

성인군자처럼 여유롭고 단아한 화려함을 가졌다고 해 서 '군자란'이란 이름이 붙여졌다고 한다. 이름은 군자란 이지만 엄밀히 말하면 난은 아니고 수선화과에 속한다고 한다. 물론 그런 건 중요하지 않다. 생명력 넘치고 의지 력 강하며 우아하고 화려한 나의 반려식물 군자란의 매 력이 올봄에도 활짝 피어나 나를 사로잡는다.

황영경

똑같은 참외

총 맞은 코끼리

황영경

소설가. 신한대학 미디어언론학과 교수, 소설집『아네모네 피쉬』와 산문집『그 사람, 그 무늬』를 펴냈다.

똑같은 참외

남양주 쪽 광릉내 가는 길가에서 산더미처럼 부려놓은 참외들을 보았다. 금덩이를 쌓아놓은 듯 찬란한 풍경이었다. 특히 내 가슴을 뛰게 하는 환상적인 노란색 덩어리들. 경적이라도 울려서, 내 경탄의 마음을 천지사방에 대고 축포처럼 터뜨리고 싶었다.

좋은 것을 발견할 때면 정수리가 쫘 하니 열리면서 내 정기의 반쯤이 천상으로 날아오르는 것 같은 황홀감. 그리고는 깊은 심연으로 두룸박질하는 기억의 촉수들. 단내가 물큰한 참외 하나가 물방울 튕겨내는 투레질을 하며 딸려 올라왔다.

초등학교 3학년 때 옥진이 아줌마가 내게 시켰던 심부름. 자신이 쓰던 살림을 정리해서 본가에 들여보내는데 나를 딸려 보냈던 것이다. 이판사판 깨어지는 마당에 가재도구며 살림살이를 고물장수에게나 넘겨버리면 그만인 것을, 기어코 바리바리 싸서 본댁 앞으로 갖다바치는 오기가 발동했던 옥진이 아줌마. 말하자면 그 아줌마는 작은댁, 첩살이였던 거. 그때는 그런 두집 살림살이가 남의 이목에 거리낄망정 왕왕 있었던 터라 우리 동네라고 빠질 수는 없었다.

짐꾼 아저씨를 불러다가, 맨 마지막 남은 무겁고 탄탄한 5단짜리 오동나무 서랍장을 지게에 지우고는 쌍문동 어디쯤이라는 주소가 적힌 종이쪽지를 품삯과 함께 내 손에 쥐여주었다. 지금의 화물차 운송사업자를 지게꾼 노동자가 대신하던 시절이었다.

내가 왜 하필이면 지목을 당했는지. 아마도 그 아줌마와 우리 엄마가 좀 친했던 게 이유가 아니었을까. 아무튼 나는 초여름 휴일, 졸지에 선발된 병사의 불안하고 위태한 출정처럼 그 아저씨의 뒤를 따르게 되었다. 옥진이 아줌마는 주소에 적힌 집에 제대로 도착해서 짐을 완전히 부려놓았을 때 꼭 그 짐꾼 아저씨에게 짐삯을 주어야 한다는 신신당부를 하며 내게도 얼마간의 심부름 값을 얹어주었다.

그때 옥진이 아줌마, 첩이라고 다 같은 첩이 아니었다. 우리 동네에서 유일하게 뻔쩍거리는 금목걸이와 금시계를 차고, 금이빨까지 해 박은 부잣집 마나님 못지않은 여인이었다.

아저씨가 종로에서 금방을 하고 있었으니까 아무도 그 아줌마를 무시할 수가 없었다. 뒤통수에 대고는 야유를 퍼부을망정 동네 아줌마들 모두가 그 앞에서는 공평하고 친절하게 대해주었다.

그 아줌마 역시 기세 좋고 당당하게 동네 아줌마들 가운데서 친화력과 위력을 떨치며, 말끝마다 "우리 영감님이, 우리 영감님이"를 갖다붙이면서 사랑받는 여자의 존재감을 드러내고는 했다. 그러니까 먹고살기 바빠서 건조하기가 오이시스 사막보다 더한 부부간이었던 동네 아줌마들, '야코'가 팍 죽을 수밖에 없었다.

　그 짐꾼 아저씨는 짐을 풀고 돌아오는 길에 얼마나 고단하고 목이 말랐는지 길음시장 입구의 큰 도로가에 나앉은 참외 장수 좌판 앞에서 나를 뒤에 세워두고는 참외 하나를 사서 맛나게 깎아 드셨다. 돈암동 언덕배기에서 쌍문동까지 걸어서 왕복 한나절이 훨씬 넘었으니 어린 나 역시 지치고 피곤했으나 그 아저씨 등 뒤에서 꼼짝없이 지켜볼 수밖에 없었다. 오직 그 아저씨가 얼른 참외를 다 먹고 우리 집으로 가는 길 입구까지 데려다 주기를 기다리면서.

　어서 빨리 집으로 가고 싶은 두려움과 초조함에, 나도 참외를 먹고 싶은 욕구 따위는 일지 않았다. 그때 낯선 아저씨를 따라서 낯선 길을 가는 건 내게 큰 모험이었으니까.

　올 굵은 삼베 적삼과 바지 차림이 그런대로 깔끔했던, 흰 거즈 손수건으로 연신 목덜미의 땀을 닦아내며 위태위태하게 걸음을 내딛던, 우리 아버지 연배의 그 짐꾼 아저씨. 어린 내 시선으로는 지게꾼의 행색이라기보다는 갑작스럽게 직장을 잃은 고급 실업자의 이미지가 강했다. 참외를 혼자 깎아 먹으며 등 뒤의 어린 나를 의식했는지, 일부러 모른 척했는지, 현실감각이라고는 쥐뿔도 없는 반거충이 가장이었던지. 어쩌면 세상만사에 태무심한 방외지사였던가.

옥진이 아줌마 영감님의 본댁이 있던 쌍문동 그 동네, 지금은 도저히 기억해낼 수 없는 공간이지만 번잡한 인파 속을 가르고 치대이면서 하염없이 걸어가던 초여름 날, 네오리얼리즘 영화 속의 한 컷처럼 이상하리만치 들뜨고 노곤한 길가의 풍경들이 아련히 되살아난다.

영감님과 헤어질 때도 울고불고 매달리기보다는 보란 듯이 '쿨하게' 돌아섰던 옥진이 아줌마. "하기야 금붙이만 있으면 얼마든지 새 출발할 수 있어." "인생만사가 다 새옹지마야."라고 동네 부인들이 수군거렸다. 아, 금덩어리가 옥진이 아줌마를 지켜주겠구나. 나는 아줌마의 희고 통통한 손가락에서 샛노랗게 반짝이던 두툼한 쌍가락지가 무슨 약조의 고리처럼 믿겨져서 적이 안심했다.

"니는, 손가락이 요래 빼족하고 길다란 게, 선비 손이다, 선비 손. 여자도 요런 손이라야 이 담에 손끝에 물 한 방울 안 묻히고, 귀하게 살 긴데."

그 아줌마가 내 손톱에 빨간 매니큐어를 발라주면서 긴 한숨을 토해내던 장면이 지금도 생생하다. 뼈마디도 채 여물지 않은 내 손가락을 보면서 선비 손이라고 운운하던 옥진이 아줌마.

아무리 금반지와 금팔찌, 금목걸이로 치장을 해봐도 채워지지 않는 결핍과 상실감이 있었던 것일까. 동네 여자들과는 달리 늘 손톱 소제를 하고 반짝이는 매니큐어를 하면서도, 손끝에 물 한방울 안 묻히고 귀하게 살기를 욕망하던 허영에 찬 여인이었던가.

늦가을 찬바람이 불 때쯤 들어와서 이듬해 여름이 끝나기 전에 가버렸으니 옥진이 아줌마가 우리 동네에 머물렀던 시간은 그리 길지 않았다.

그 아줌마, 그 후로 번듯한 은행원 남자를 만나서 다시 팔자를 고쳐 갔다는 소문이 무성했다. 아, 그 노란 금붙이들이 아줌마를 구해줬구나. 나는 다시 안심을 했고, 어쩌면 일찌감치 금덩이에 대한 물신(物神) 숭배를 터득했던가.

난생처음 내 손톱에 매니큐어 칠을 해주던, 기껏해야 봉숭아물이나 들여주던 우리 엄마와는 달라도 너무 달랐던 옥진이 아줌마. 꽃봉오리 레이스가 구불거리는 속치마 같은, 가는 어깨끈이 달린 파티복 같은 차림으로 집 앞의 지근거리를 활보했던 이방의 여인. 동네 아저씨들의 은근한 환호를 받으며, 동네 아줌마들의 심상에 짙은 파문의 흔적을 찍어놓았던 그 아줌마. "여자 팔자는 두룸박 팔자라." 누군가는 시샘과 조롱 섞인 뒷말을 퍼뜨렸다.

아, 두룸박! 까마득히 잊혔던 그 두룸박줄을 통해서 딸려 올라오는 모든 이미지의 연상들. 광릉내 갔다 오던 길에서 보았던 노란 산더미의 참외들과 쌍문동 갔다 오던 길에서 보았던 빛바랜 보자기 위에 펼쳐진 샛노란 참외 알들. 모두가 같거나, 같지 않았을 존재의 덩어리들.

분명하게도, 오늘의 나를 이루고 있는 질료의 존재들이
다.

문득, 로그인

총 맞은
코끼리

오래전에 내가 살았던 동네 우이동에 그린파크가 있었
다. 수영장과 위락시설 등을 갖춘 관광호텔이었던 그곳
은 지금은 사라졌지만, 그 입구가 유원지와 맞닿아 있어
서 휴일이면 등산과 행락을 즐기는 사람들로 북적거렸
다. 나도 오후쯤엔 그 인파 속에서 어슬렁거리며 나름의
휴식을 취했다.

어느 초여름 날, 그린파크 안의 놀이공원에 갔다가 난
생처음 총이라는 걸 쏴봤다. 거치대에 갖가지 동물인형
들을 앉혀두고 공기총을 구비해놓은 간이 사격장. 천 원
에 다섯 알이었던가. 주인아저씨가 일러주는 대로 플라

스틱 총알을 장전하고 총부리를 단단히 겨누었다. 목표물은 '가네샤' 코끼리! 스펀지로 속을 채운 조악한 봉제인형이었지만,

나는 그 순간 절체절명의 위기를 맞은 적군병처럼 혼신을 기울였다. 총을 쏜다는 비장함, 비록 실전이 아니라해도 방아쇠를 당기는 손맛의 쾌감과 함께 온몸 구석까지 긴장의 촉이 비늘처럼 솟쳤다.

처음 두 알은 헛방이었다. 상술인지, 오히려 정확한 조준은 빗나가고 마는 게 총의 문제가 있는 것 같은 의심이 들었다. 마치 술에 취한 듯, 흔들리는 대상물의 불안정감이 총이라고는 처음 쏴보는 내게도 감지되었다.

세 발째 발사했을 때 주위의 환호성이 터졌다. 2미터 남짓 전방쯤 거치대 맨 윗줄 가운데 놓인 코끼리에 적중했다. 주인아저씨도 놀라워하며 얼른 또 다른 코끼리를 갖다 앉혔다. 구경만 하던 남자들이 너도나도 총알을 샀다. 하나같이 코끼리를 향해 총질을 해댔지만, 모두 오륙천 원씩만 날리고 허탈해 했다. 칭얼대는 아이한테 면목 없어하는 아빠도 있었다. 군대에 갔다 온 대한민국 남자

들이 그깟 모형 공기총을? 특등사수였다며 흰소리를 치다가 체면을 구긴 아빠를 위해서 주인아저씨가 조그만 토끼 인형 하나를 선물했다. 그건 천 원짜리도 안 돼 보였다. 코끼리는 그날, 그중에서 제일 상급의 동물이었다. 나는 가네샤를 안고 돌아오면서 행운이 찾아올 것 같은 충만감으로 얼얼했다.

인도인들에게 가장 대중적인 신의 상징인 가네샤는 지혜와 복, 풍요를 약속하는 코끼리의 형상이다. 나는 어린아이처럼 그 코끼리 인형을 가슴에 꼭 끌어안고 어르면서 주문을 걸었다. 이 지루한 젊음이 빨리 끝나기를! 그때가 한창 인도 여행 붐이 일던 때라, 나는 한 달여의 인도 여행을 마치고 백수에 가까운 불투명한 나날을 보내고 있던 중이었다. 미지의 세계에 대한 갈망으로 잠시 현실을 탈출해봤자 뾰족한 수가 있을 리 만무했다. 하지만 유행처럼 한국의 많은 젊은이들이 불가해한 나라 인도의 땅에서 떠돌기를 체험했다. 권태로웠던 직장 생활을 청산한 나도 그 대열의 끄트머리에 겨우 합류했던 셈이다. 윗세대들이 대체로 달러를 벌기 위해 출국했다면 우리는 새로운 것의 추구와 일탈적인 욕구로 공항의 출국장에서 달러를 바꾸어 떠났다.

명상과 요가, 크고 작은 사원들 안에 빼곡하게 엎드려 경배하는 사람들, 생활 속 깊숙이 침투한 수많은 신들의 적나라한 모습. 그중에서도 가장 친숙한 코끼리 상은 힌두교의 화신이랄 수 있다. 지금도 그 나라의 모든 가정과 상점에서 코끼리 형상을 모셔두고 발복을 비는 일은 흔한 풍습이다. 모든 자동차의 앞 유리창에도 무사안전을 기원하며 코끼리 인형을 걸어놓았다. 인간의 몸에 코끼리 머리를 붙인 크리슈나 인형은 앙증스럽기까지 했다.

특히 코끼리는 불교의 정신문화가 우선하는 동양에서 신격의 동물로 추앙하는 풍조가 있다. 그 거대한 머릿속은 영적인 지혜로 가득 차 있으며, 땅에 끌릴 듯 불룩한 배는 분별심 없이 포용하는 자태로 봐준다. 커다란 귀와 작은 입은 더 많이 듣고 더 적게 말하라는 경계의 징표이며, 손의 기능을 대신하는 길고 유연한 코는 진리와 거짓을 식별하는 능력까지 지녔다 하니, 신비화된 인격의 표상이 분명하다. 또 한편 힌두교 설화 속의 코끼리는 해탈의 길에서 장애를 제거하는 신으로 출현한다. 이쯤이면 완전 영물이다.

인간의 이상향이 투사된 동물 중의 동물, 우상화된 세속의 이데올로기? 진설이든 속설이든 내게는 그때 그 어떤 강력한 메시지가 필요했다. 이제 곧 중년, 준비 없이 허송했던 어정쩡한 세월, 애초부터 잃을 것이 하나 없었는데도 몽땅 잃어버린 것 같은 열패감. 마침내 내 총에 맞고 내게로 온 가네샤 코끼리가 무슨 계시의 매개물만 같았다. 끝내 가닿고 싶은 아스라한 세계, 그 염원을 넘는 절대적인 불가항력의 염력, 그 어떤 비의의 힘이라도 빌리고픈 시절이었다.

물극필반(物極必反)이라고 했던가, 총을 쐈던 그날의 내 일기에는 극에 달하면 반드시 돌아온다는 뜻의 고사를 들먹이며 소피스트의 변을 토해놓았다. 나는 그때 무엇이 그리 돌아오기를 기다렸던가. 무엇을 그리 다해서 젊음을 소진시켰던가.

총을 쏴보고 싶은 충동을 느낀 적이 있었다. 누군가를 겨냥한 적대감이나 분노보다는, 내면에 장전된 실탄을 스스로에게 쏘아버리고 싶었을 것이다. 그때 우이동 그린파크, 그 사격장의 공기총은 본래의 총의 기능을 갖춘 정교한 것이 아니었다. 그것은 아마도 정확한 조준이 빗나가고 마는 사이비였을 것이다. 어쩌면 내가 전전긍긍했던 젊은 날의 그 모든 이상과 꿈들도 사이비 총에 맞아 맥없이 쓰러진 코끼리 신상, 그 과도한 숭배 같은 것이었을까.

그날의 일기에서 또 발견한 것. 우이동의 그린파크 호텔에서 처연한 신혼의 첫날밤을 보냈다는 어떤 노부인과, 첫사랑과의 결별 후 거기서 생의 마지막 밤을 끝낼 요량이었다던 친구의 사연이 날림인 듯 흩뿌려져 있었다. 아직도 움트지 못한 이야기의 씨알들이 나를 그토록 오래 기다렸다니! 같거나, 아니 같거나 그 모든 사이비의 사연들이 이제는 그저 통속한 소설 속의 삽화처럼 읽힐 뿐이다. 그때, 총에 맞은 코끼리를 끌어 앉고 지루한 젊음이 빨리 끝나기를 빌었던 내 주문 또한 새로운 열망에 대한 목마른 반어법이었을 것이다.

문득. 로그인

어쨌거나 나는 지금 작가라는 허명을 하나 얻었고, 가
망 없을 명망에 노역을 바칠 날만 남았다. 행운을 가져다
준다는 가네샤 코끼리를 향해서 다시 한번 총부리를 겨
누며.

오영미

베르제 블랑샤르 그리프

커프스 버튼과 원피스

오영미

서울 종로에서 태어나 명동에서 청소년기를 보냈다. 소설을 쓰려고 황순원 선생님이 계시는 경희대에 진학했으나 장터 약장수의 아크로바틱 쇼나 무대예술에 대한 관심 때문에 희곡 공부를 시작했고 그것으로 석사, 박사를 마쳤다. 현재는 한국교통대학교 한국어문학과에서 희곡과 영화 시나리오, TV 드라마 쓰기를 가르치고, 한국 시나리오 작가에 대한 연구를 하고 있다. 희곡작품집으로 『탈마을의 신화』가 있고, 저서로는 『한국전후연극의 형성과 전개』 『희곡의 이해와 감상』 『문학과 만난 영화』 『오영미의 영화 보기 좋은 날』 등이 있다.

베르제 블랑샤르
그리프

　우리는 흔히 전문적으로 하는 일이 아니라 즐기기 위하여 하는 활동을 '취미'라고 부른다. 대부분 전문적이라고 하면 '돈'과 연관되는 경우가 많고 취미는 그렇지 않기 때문에 일에 대한 부담감이라는 측면에서 '취미'는 가벼울 수밖에 없고, 그래서 재미가 있다. 때로는 취미 때문에 직업이 싫어지거나 취미로 새로운 인생을 꿈꾸는 경우도 더러 있다. 그러나 취미가 다시 생업의 위치로 바뀌면 그것은 삶의 무게를 고스란히 담고 있는 부담이 되기 십상이다.

　직업이 주는 지루함이나 부담을 떨쳐버리기 위해 끝없

이 취미에 매달리는 사람도 있다. 내가 바로 그런 경우이다. 어떤 이들은 나의 이런 면을 두고 재주가 있다고 표현하기도 하고 어떤 이들은 심심하지 않아서 좋겠다고도 한다.

내 직업은 대학 교수이고 취미는 참으로 여러 가지이다. 성인이 되어서 시시때때로 몰두했던 취미만도 양재, 천연 염색, 살사 댄스, 제빵, 가죽 공예 등등이다. 내 취미 생활은 주로 손으로 만드는 것이 많아서 지인들에게 선물을 할 때면 그들은 감사하다는 전언 대신에 가게를 차려보라고 한다. 그러나 취미가 생업이 되면 그때부터 고민이 시작될 거라는 예측은 불 보듯 뻔하다. 나는 내가 좋아하는 일을 즐기기 위해서 지인들의 그런 칭찬을 귀담아듣지 않는다.

가장 최근의 나의 관심사는 가죽 공예이다. 가죽은 실생활에 필수적이지는 않지만 윤기를 더해주는 멋이 있다. 천연 가죽에 장인의 손맛과 디자이너의 감각이 조화를 이루어 탄생된 가죽 제품은 그야말로 '물건'이라 할 만

문득, 로그인

한 매력이 있다. 더욱이 세월이 흐르면서 사람의 손때가 묻으면 늙은 몸으로 저만치에 놓여 있지만 추억의 얼굴로 정겹게 웃고 있다. 이것을 빈티지하다고들 한다. 가죽의 빈티지함은 명품으로 탄생되는 세련된 외관의 가방보다는 기계적이지 않은 손바느질과 거친 매듭 속에서 더욱 가치를 풍겨낸다. 인조 가죽은 편리하고 경제성은 있지만 세월이 흐르면 추한 뒷모습이 노출된다. 그것은 대량 생산의 그늘이고, 산업화, 공업화의 저렴함이다.

천연 가죽은 보통 사람들에게 때로는 사치처럼 여겨진다. 비싸기 때문이다. 나는 여행을 하면서 관광지에서 팔고 있는 기념품을 사지 않는 대신 가죽으로 된 소품이 눈에 띄면 종종 구입하는 편이다. 티셔츠나 머그컵, 열쇠고리에 새겨진 공장표 추억보다는 무명 화가가 그의 눈과 손으로 전해주는 그곳의 분위기를 더 좋아하는 성향이라고 할까. 가죽에 대한 기호는 그런 유의 감성에서 비롯된 것이다.

가죽 공예는 내가 그동안 거쳐 온 어떤 취미 활동보다 난이도가 높고, 돈도 많이 들어간다. 가죽도 비싸고, 공

오영미 _ 베르제 블랑샤르 그리프

구들도 다양하게 많고, 공방의 수업료도 비싼 편이다. 그래서일까, 한번 빠지면 시간 가는 줄 모르고 몰입되는 매력이 있다. 가죽 공예를 접해본 많은 사람들이 이구동성으로 하는 탄식은 허리나 어깨 관절의 통증, 본드와 엣지 코트가 묻은 거친 손, 그리프 치는 망치로 층간 소음을 유발해 이웃 간에 낯을 붉혔던 경험들. 그래서 지하로 파고드는 속성이 가죽 동호인들 작업 환경에 스며들어 있다. 만일에 가죽 작업이 편하고 아늑한 환경을 필요로 했다면, 조선조 양반네들이 갖바치들에게 5대 천민의 지위를 부여했겠는가 하는 생각도 든다.

가죽은 일반 패브릭과는 달리 구멍을 뚫지 않으면 바느질을 하기가 어렵다. 그래서 가죽 공예의 필수 도구 중의 하나가 그리프이다. 목타 혹은 치즐이라고 부르기도 하는 이 물건은 포크같이 생겨서 망치로 위에서 가격을 하면 가죽에 구멍이 난다. 그리프는 재봉틀이 상용화되기 이전 인간의 손으로 전 공정을 마쳐야 했던 수공업 시절의 산물이자 가죽 재봉틀이 나온 이후에도 손바느질의 느낌을 추구하는 사람들의 최애 도구이기도 한다.

가죽 공예의 역사가 긴 만큼 도구의 역사도 긴 것으로 보인다. 비싸고 성능 좋은 것에서부터 입문자용으로 중국에서 들어오는 비교적 싼 가격의 그리프도 많이 있다. 가죽은 도구를 사용하면 노동이 줄고, 완성도도 기대할 수 있으나 도구를 사용할 여력이 없으면 몸으로 때워야 한다. 모든 작업이 그렇듯 자본주의의 공식이 그대로 적용된다. 그러니 좋은 도구는 모든 가죽 공예 동호인들의 희망이자 욕심이다. 손바느질로 가죽을 박음질할 때 새들스티치라는 기법을 쓰게 되는데, 가죽 초보 시절에는 바느질이 서툴러 바늘땀도 예쁘지 않을 경우가 많은데, 나는 오랫동안 그것을 솜씨가 아니라 도구 탓으로 돌리고 있었다. 사실 도구가 좋으면 결과물도 좋기는 하다.

'베르제 블랑샤르'는 프랑스 브랜드로 가죽 도구에 있어 역사도 오래됐겠지만 가격도 만만찮다. 프랑스 제품은 그리프뿐만 아니라 실도 그렇고 르가드라는 인두기도 명성이 있어서 비싸지만 가죽 공예 동호인들에게 희망 아이템이다. 그러나 비싼 탓에 큰맘 먹고 구매를 하거나 많은 경우 중국산으로 대체되기도 한다.

가죽 공예를 시작하고 나서 프랑스제 도구들을 구입하는 게 늘 소원이었는데, 마침 파리에 머무를 기회가 있어 나는 가죽 공예 도구 상점에 들르기로 마음먹게 되었다. 그 상점은 파리에서 머물던 호텔에서 지하철을 두 번 갈아타고 20, 30분을 더 걸어야 하는 거리에 있었다. 일정 중에 그곳을 들를 여유가 파리를 떠나기 전날에야 생겼다. 겨울이라 해도 일찍 졌지만, 정작 가는 길에 인적이 드문 뒷골목을 거쳐야 해서 몹시 두려운 마음으로 그곳을 찾았다.

그런데 막상 들어선 가죽 도구상은 한두 사람 들어서기도 비좁은 데다가 모든 도구들이 유리 진열장에 잠금 상태로 놓여 있어서 쉽게 접근하기가 어려웠다. 더욱이 앞서 물건을 사러 온 사람을 응대하느라 바쁜 상점 주인은 나의 존재는 안중에도 없어 보였다. 그렇게 몇십 분 서성이며 기다렸을까. 상점은 문을 닫아야 할 시간이 됐고 나는 무엇을 물어보거나 부탁할 용기가 없어 그냥 돌아 나오고 말았다. 한국에서부터 작정하고 온 시간과 에

너지가 어딘데 하며 허탈한 마음이었지만 한적한 골목길을 빠르게 돌아가야 안전하다는 강박에 나는 그냥 돌아가는 걸음을 옮기게 됐다. 그것은 바로 전날 루브르 박물관 앞에서 소매치기를 당하고 불안한 심리가 가득했던 탓도 있었지만, 블랑샤르 그리프에 대한 가벼운 호기심이 사라진 후 빠르게 마음을 정리했기 때문이었다. 돌아오는 내내 나는 '그게 뭐길래' '그게 뭐길래'를 되뇌었다.

결국 베르제 블랑샤르 그리프는 국내 수입상을 통해 온라인 주문으로 구매해서 지금 내 도구 목록에 올라 있기는 하다. 가끔 블랑샤르 그리프를 대고 망치를 내리칠 때마다 파리의 뒷골목에서 마주친 걸인들과 그래피티가 가득한 음산한 벽들이 떠오른다. 도대체 이게 뭐길래 내가 파리에서…….

결국 완성도는 도구 문제가 아니라 내 손의 숙련도에 달린 건데, 솜씨를 갈고 닦을 생각보다 도구 소장에 열을 올렸으니, 갖바치 선조들이 하늘에서 비웃고 있을 성싶다.

취미가 여가를 즐기는 도구가 아니라 멋내기 도구로 이용될 때 이런 일을 겪는다. 이것이 지나친 자기 검열은 아닐까 생각도 해보지만 피식 웃음이 난다. 몇 년째 안고 살아가는 어깨 통증 때문에 병원 갈 일이 잦아졌는데, 멋만 낸 것은 아니겠지. 몸에 건강한 취미는 뭘까 생각하며 오늘도 동네 정형외과를 찾아 외출을 서두른다.

커프스 버튼과
원피스

커프스 버튼과 원피스. 이것들은 내게 남성성과 여성성으로 이미지화된 물건들이다. 마치 프로이트의 정신분석 용어인 '원초적 장면(primal scene)'처럼 어린 시절에 마주한 어떤 강렬한 장면 이후로 고정된 이미지를 형성해왔다고 볼 수 있다. 남성과 여성을 상징하는 혹은 그들이 기호하는 물건이 이것만이 아닐진대 나는 이들을 마주할 때마다 마치 세뇌된 기억처럼 흡수되고 만다.

그것을 설명하기 위해서는 중고등학교 시절의 추억을 더듬어야 한다. 중학교 때 아주 가까웠던 같은 반 친구가 있었다. 그 또래의 여자아이들이 대부분 그렇듯 학교에 오면 늘상 같이 붙어 다니고 화장실도 같이 다니고 도서관에서 숙제도 같이 하던 그런 사이였다. 그렇게 친하게 지내면서도 서로가 어떻게 사는지 모르고 지냈는데, 어느 날 그 아이가 자기 집에 놀러 가자는 제의를 했다. 정릉쯤으로 기억하는데, 그 아이의 집을 들어선 순간 '저택'이라는 말이 이런 것이겠구나 싶을 정도로 멋진 풍경들에 압도당하고 말았다. 야외 수영장이 갖추어진 2층의 단독주택이 주는 거대함이 그랬고, 그 풍경을 채우고 있는 식구들의 평온함과 우아한 몸짓들, 그리고 주방에서 흘러나오는 음식 냄새의 고급스런 향연들. 나는 친구를 따라 2층에 있는 그 애의 방으로 인도되면서 새삼 내가 신고 간 양말이 너무 낡아 있다는 사실이 부끄러웠다.

잠시 후 홈웨어를 입은 그 애의 엄마가 간단한 마중 인사를 했고, 도우미 아주머니가 가져다준 간식을 함께 먹으며 나는 그 애의 아버지가 뭐 하는 사람이기에 이런 부를 누리고 있는지 몹시 궁금해졌다. 모 회사의 사장 정도를 예상했던 나는 그 애의 아버지가 '검사'라는 답을 들었고, 법조인이 그렇게 잘사는 부류들이라는 사실에 많이

문득, 로그인

의아해했다. 그렇게 부유층의 삶의 현장을 목도하고 한 편으로는 주눅이 든 심정으로 함께 숙제를 마쳐갈 무렵, 친구의 검사 아버지께서 퇴근을 하고 돌아오셨다. 그 애의 아버지를 마주한 내 정신 상태는 뜻하지 않게 마주친 부의 클라이막스에 놓여 있었다. 감색 정장을 입은 중년 신사의 격식이 후광을 안고 내 시야로 들어왔고, 그 멋짐 속에 가장 강렬했던 것은 넥타이와 소매에서 빛나던 커프스 버튼이었다.

이렇게 커프스 버튼은 친구 아버지로부터 비롯된 원초적 장면의 단초가 되었고, 이후로 내게 가장 멋진 남성의 이미지는 언제나 정장과 와이셔츠, 커프스 버튼이 주는 그 어느 언저리에서 맴돌고 있다. 이미 현직에서는 은퇴를 했을 법한 연배이지만, 종종 미디어를 장식하는 검찰 관련 보도를 접할 때마다 나는 그 애의 아버지가 일하고 있을 가상의 공간을 떠올리는데, 그때마다 커프스 버튼이 동석하고 있음을 느낀다. 나는 젊고 활력 있는 남성의 이미지보다 중후하고 안정된 이미지의 남성을 선호한다. 이것이 커프스 버튼에 세뇌된 사춘기 시절 다가온 원초적 장면의 폐해라면 폐해이다.

반면에 여성성을 기억하는 원초적 장면은 '원피스'로
시작된다.

> 한때는 그렇게도 밝았던 빛이
> 이제 영원히 사라진다 해도
> 초원의 빛이여 꽃의 영광이여
> 그 시절을 다시 돌이킬 수 없다 해도
> 우리는 슬퍼하기보다 차라리
> 뒤에 남은 것에서 힘을 찾으리
> 인간의 고통에서 솟아나오는
> 마음의 위안을 주는 생각과 사색을 가져오는 세월
> 에서……

영국 낭만주의 시인인 워즈워스의 시 「초원의 빛」이다.
이 시가 제목으로 쓰인 영화 〈초원의 빛〉을 기억한다. 나
탈리 우드와 워런 비티가 주인공인 멜로물로 젊은 시절

누구에게나 찾아올 법한 사랑의 열병과 어긋남에 대한 사색이 두드러지는 영화다.

이 영화 역시 감수성 예민한 중학교 시절의 기억 속에 놓여 있다. 중학교 이전 시절에도 할리우드로부터 수입된 많은 멜로 영화들을 보며 자랐지만, 고등학생 시기를 극의 배경으로 하고 있는 이 영화는 나의 사춘기 감수성에 매우 강렬한 영향을 미친 것 같다. 그런데 문제는 이 강렬함이 원초적 장면으로 형성된 것은 멋진 키스신도 아니고 화려한 대사도 아닌 여주인공 나탈리 우드의 의상이었다. 작고 가녀린 그녀의 곡선이 드러나는 원피스 의상들은 첫사랑에 빠진 여성의 설렘과 그리고 이별의 지독한 아픔을 겪어내는 그녀의 상처를 가장 감성적으로 표현해내는 장치로 보여졌다. 그것은 내게 여성의 가장 이상적인 아름다움이 어떤 이미지인지를 형성하게 된 원초적 장면이 되고 말았다.

나는 〈초원의 빛〉으로 원피스가 다가온 시절부터 50대가 넘어온 지금까지도 그것에 대한 열망을 버리지 못한다. 어떨 때는 옷 쇼핑을 할 때, 지독하다고 할 만큼 원피스를 찾아 헤맨다. 일단 원피스 스타일로부터 시작해서 마땅한 게 없으면 다른 스타일을 찾아본다. 사람들이 원피스를 왜 그렇게 좋아하느냐고 물으면, 핑계 삼아 게을러서 One piece로 된 옷을 즐긴다고 말하지만 사실 원피스는 나탈리 우드의 몸으로 뇌리에 들어와 박힌 '강적' 이미지이다.

워즈워스의 시처럼 커프스 버튼과 원피스는 내게 되돌아갈 수는 없어도 '초원의 빛'처럼 빛나던 순간들을 기억하게 한다. 누구에게나 성장기는 있기 마련이고, 성장기는 어김없이 미성숙의 시기라 수많은 꿈들로 채워져 있다. 그러나 그 많은 꿈의 줄기를 영광으로 맞을 수 없기에 때로는 아픔도 있고 절망도 있고 세월에 대한 부정도 있겠지만 워즈워드는 그 뒤에 남은 것에서 힘을 찾으리라고 낭만주의 시인답게 읊조리고 있다.

커프스 버튼과 원피스에 고착된 내 이미지를 감싸는 정서적 느낌은 결핍된 무언가가 분명히 있다. 그것들은 동경의 심리와 연관돼 있다. 그 시절의 내 환경과 정신적 상태가 그랬고, 말하자면 커프스 버튼과 원피스에는 동경과 결핍이 동시에 있는 것이다. 그것은 빛나면서도 우울한 비를 동반하기도 한다. 그러나 다행히도 '그 뒤에 남은 것에서 힘을 찾을' 수 있었기에, 커프스 버튼을 한 멋진 남성과 원피스를 입은 아름다운 여성은 지금도 내 머리 속에서 젊은 시절의 후광을 안은 채 살아 숨쉬는지도 모르겠다.

글쓰기 시대의 산문 쓰기

박덕규

글쓰기 시대의 산문 쓰기

1. 바야흐로 글쓰기 시대

때는 바야흐로 2019년 하고도 봄을 지나 여름에 이르고 있다. 1945년 광복, 1950년 6·25전쟁 발발 이후 오랜 분단 상황에, 반공독재·군부독재에, 근대화·산업화에, 민주화 투쟁·혁명에, 냉전체제 종결에 이은 글로벌화·여행 자유화에, IMF에, 인터넷·스마트폰·유튜브 생활화에, 이념·젠더·계층 분쟁에…… 참 복잡다단한 세월을 살아왔는데 이런 거 정리할 짬도 없이 100세 시대니 인공지능 시대니 하는 때를 지나고 있다. 1~2년 전까지 북한의 도발에 전쟁이 날 것 같은 위기감이 감돌더니 그런 거 언제 있었냐 싶고, 대신에 곳곳에서 어이없는 사고도 나고, 여러 지인들이 암이다 뭐다 해서 죽어가기도 하는데, 운 좋게 살아 있는 우리는, 이제 우리들 삶은 어디까지 가나, 우물쭈물하다가 100세 넘어 죽지도 않고 사는 그런 시대까지 사는 거 아닌가……. 돈도 없고 할 일도 없이 영생해버리면 어쩌나, 아니 돈 있는 것들만 영생한다고 남아 잔잔하게 미소 지으며 손 흔드는 꼴 보며 먼저 죽는 건 좀 그렇지 않나, 이런 식으로 염려도 되고 기대도 좀 되기도 하고 그렇다. 하여튼, 오래전에는 이런 날이 온다고는 꿈에도 생각 못 한 그런 나날이 정신없이 이어지고 있다.

이 상황이 앞으로 어떻게 이어질지에 대한 예측은 일단 멈추기로 하자. 다만, 이런 시대를 배경으로 우리 사회에서 뚜렷하게 드러난 현상 한 가지만 짚고 넘어가려 한다. 그게 뭐고 하니, 전국 각지에서 글쓰기를 하려는 사람들이 아주 많이 늘어났다는 사실이다. 우리나라 사람들이 오랜 선비 문화의 전통 위에 산업화 이후 급진적으로 많은 자본을 취하고 또 다수가 고학력층이 된 것에 비해 독서도 그렇거니와 글쓰기는 더더욱 생활화되지 않았다고 알고 있었다. 한데 뜻밖에도 도서관으로 문화센터로 북카페로 글쓰기를 배우러 다니는 성인들이 아주 많아진 것이다. 그 글쓰기의 진정한 목적을 잘 알 수는 없다. 그들이 쓰려는 글이 실제 어떤 글인지 정확히 파악하기도 쉽지 않다. 그들은 개인에 따라 자서전이나 독후감, 또는 시나 소설이나 동화나 수필 등을 배우고 쓰고 있기는 하지만 주로는 강사의 지도에 따라 글쓰기 방향을 잡아가는 예가 대부분인 것으로 보인다.

문제는 이런 글쓰기 문화가 얼마만큼 바람직한 결과로 이어지는가에 있을 것이다. 실은 이 점에 대해서는 적어도 사회문화적으로는 이미 답이 나온 상태라 할 수 있다. 즉, 글쓰기는 그 자체로 이미 바람직한 결과인 것이다. 글쓰기는 인간이 왜 살고 어떻게 사는가를 성찰하는 가장 대표적인 행위다. 그것은 날로 비인간화되고 있는 이 사회에서 인간이 자신의 인간됨을 물어 스스로 인간다운 자리를 지키려는 의지의 실천이다. 인간은 자신을 성찰

해설 _ 글쓰기 시대의 산문 쓰기

해 자신의 비인간화에 대해 경계하고 비판하면서 정신적으로 성숙해가는바, 이 시대 양산된 글쓰기 바람은 그것이 상당 부분 쓰고 발표하는 수준에 이르지 못하는 상황이라 하더라도 인간의 정신적 성숙을 보여주는 예가 된다고 할 수 있다.

그러나 이 시대 글쓰기 문화를 긍정적인 것으로 해석하기 어려운 점도 없지 않다. 이를 해명하기 위해서는 이즈음 글쓰기 주체들이 지닌 두 가지 성향을 이해해야 한다. 그 주체로 우선 초고령화 시대의 주역으로 대두되는 고령자들을 꼽을 수 있다. 이들은 주로 은퇴한 '시니어 세대'로 각 지역에서 여러 유형의 '시니어 문화'를 만들어가고 있다. 글쓰기도 그 하나의 문화 유형이다. 글쓰기 주체의 또 하나는 이 사회에 충실하게 복무해온 생활인으로서 이 자본주의 사회에서의 불안을 글쓰기로 견디게 된 이들이다. 이들은 '시니어'일 수도 있고 전업주부일수도 있으며, 바쁜 일상에 쫓기며 살다가 문득 자신을 돌아보게 된 사람들 모두일 수 있다.

이러한 두 부류가 어느날 자신을 돌아보는 내면의 자

문득, 로그인

세로부터 글쓰기를 지향하고 있는 것인데, 대개는 그것이 익숙지 않아서 글쓰기 강좌를 찾아나선 상태라 할 수 있다. 어쩌면 인간이 앞으로 과연 인간으로 살아남을 것인가 하는 위기감이 이들을 '비로소' 글쓰기로 이끌었다고도 할 수 있다. 따라서 이들의 글쓰기는 어쩌면 아직 한 번도 경험하지 못한 일의 주체로서의 글쓰기일 수밖에 없다. 또 그만큼 글쓰기 강좌가 지니는 목표나 상황에 따라 방향과 목적이 바뀔 수밖에 없는 글쓰기라 할 수 있겠다. 그런데 그 강좌 또한 지금 우리 사회가 지닌 사회문화적 환경에서 바람직한 인문주의적 가치를 지향하고 있기가 매우 어렵다. 강사와 수강생 모두가 원하는 실용적 목표를 제외하면 지금 전국 각지의 글쓰기 강좌는 이런 모순에 직면한 채로 글쓰기의 가르침과 배움을 수행하고 있다고 할 수 있다. 이것이 이 시대 만연된 글쓰기 현상의 현실이다.

2. 문득, 아득히 진행된 성찰

문필가 열 사람이 산문 두 편씩을 써서 엮어내는『문
득, 로그인』의 해설로 서론이 너무 장황했다. 당연히, 오
늘날 전국에서 일고 있는 글쓰기 현상에 이 책이 어떤 의
미 있는 길잡이가 되지 않을까 하는 기대 때문이었다. 이
들 필자들은 대부분 대학이나 사회단체에서 강의를 하고
있거나 그런 지위에서 일하고 있다. 당연히 글쓰기에 대
해서는 남다른 경험과 현실감각을 지닌 분들이다. 또한
이들은 지난해(2018) 어버이날을 앞두고 의기투합해서
『꽃 진 자리에 어버이 사랑』(푸른사상사)이라는 산문집을
내 상당한 화제를 모았다. 이들이 다시 모인 것은 그런
뜻깊은 일을 해낸 결집력의 우정 어린 지속이라는 의미
도 있겠고, 나아가 지난해와는 또 다른 생산적 의미를 찾
고 싶어한 것으로도 짐작된다. 그리고 이들은 앞선 '어버
이 사랑'처럼 정서적 감흥을 불러오는 데 익숙한 것이 아
닌 주제를 모의했고, 오늘 그 결실을 보게 되었다. 이걸
그냥 '10인 여성 문필가의 테마 수필집'이라 할 수도 있

겠지만, 이런 식의 기획을 행하기가 어려운 출판 현실을 고려하면 그 정도 명명은 너무 소박한 의미 부여가 될 것 같다. 더구나 이들의 오늘 주제는 '애장품'. 이는, 선비들이 흔히 내적 품격을 외적으로 드러낼 때 즐겨 다루던 전통적 소재에 대한 현대 여성으로서의 대응이 될 테마이자 오늘날 인간의 유전자마저 복제되는 세태에 대한 남다른 해석이나 적어도 세속인들이 소장품을 통해 드러내 온 아비투스(habitus)에 대한 뜻깊은 성찰을 유도할 좋은 매개가 될 수 있다는 뜻이다.

아니나다를까, 한 필자는 이 '애장품'이라는 테마를 대한 순간부터 당장 자신의 물건에 대한 습벽을 짚어보기 시작했고 그로부터 "내 삶의 방식에 대해 총체적 점검"으로써 자신의 인생에서 더 소중하게 '애장'해야 할 것이 무엇인지 깊이 성찰하고 있다.

> '애장품, 추억이 어린 물건에 얽힌 사연'에 관한 글이라……. 항상 버리면서 사는 내게 '애장품' 같은 것이 있을 리가 만무하다. 내 삶의 방식에 대해 총체적

점검을 하게 하는 주제이다.

그런데 가만 생각해보니 정말 아끼며 소장하는 물건, 돌이켜보면 없지 않다. 항상 연습은 못 하더라도 한순간도 그것 없이는 숨이 안 쉬어질 것 같은 피아노, 삶의 질을 풍요롭게 만드는 데 크게 기여하는 에스프레소 머신도 참 중요하다. 그러나 이들은 물건 그 자체가 아니고, '종'이 중요한 것이기에 다른 물건들과 대체 가능하다. 내 아들의 태아 때 모습이 담겨 있는 산모 수첩, 유아 때부터 초등학교 들어가기 전까지 성장 자취와 그에 대한 내 생각이 담겨 있는 육아일기 및 사진첩은 어떤 것과도 바꿀 수 없는 소중한 것이다. 그러나 이 또한 나와 내 가족들에 한정된 물건이다.

그 외 내게 남은 소중한 것은 타인들 특히 예술가들과의 추억과 맘이 깊이 새겨진 미술품들이다. 난 이른바 '사치 고가품'에, 그리고 자동차, 집엔 관심이 없다. 보석이나 시계 같은 고가의 사치품은 단 하나도 없고 지금까지 소유한 자동차도 전부 국산 차이다. 지금까지 난 그렇게 살았고, 앞으로도 그럴 것이다. 그러나 일반인들보다 '더 깊이, 더 몰입하여, 더 열정적으로' 살아온 예술가들의 삶과 꿈에 공감하는 시간을

문득, 로그인

가져다주는 미술품들, 그에 대한 열망은 죽는 날까지
포기하기 힘들 것 같다.

　　　　　　— 정해성, 「불멸, 심향 〈별들의 들판〉」에서

　우리에게는 실로 내 삶과 함께했던 애장품들이 없지
않았다. 성장 과정을 함께했던 피아노, 내 일상의 미각에
호응하고 있는 커피 머신, 내 몸의 표현에 위안을 주는
장신구, 이동의 편리를 안전하게 도모해주던 자동차, 내
가족들과의 추억을 담은 사진이나 물건 등등……. 그러
다 보면 그것들에 깊은 정이 가서 버릴 때가 되어도 버리
지 못하고 여전히 지니게 되는 그런 물건도 있는 법이다.
그리고 그중에는 정말 내 곁에 있으면서 내 내면에 안정
과 자긍심을 주어온 진정한 애장품도 있게 된다. 위 필자
는 '더 깊이, 더 몰입하여, 더 열정적으로' 살아온 예술가
들의 미술품을 자신의 진정한 애장품으로 꼽으면서 그것
에 얽힌 스토리로 우리를 이끈다. 어느날 문득 애장품이
라는 테마가 몰고 온 가벼운 사색이 어느덧 깊은 성찰로
이어져 이렇듯 자신의 내면에 놓인 진정한 애장품과 만

나는 과정을 드러낸 것이다. 이 책의 산문들은 모두 이렇게, '애장품'이라는 테마 앞에서 문득 시작된 성찰의 과정과 그 결과로 만난 '애장품'의 모습을 우리에게 선사하고 있다.

3. 두고 볼수록 우러나는 빛

이번 책에서 무엇보다 재미있는 것은 10인 필자들이 내세운 애장품의 다채로움이다. 여기에는 애장품이라는 말의 사전적 의미 그대로의 물건들이 있는가 하면, 물건으로 실재하지 않고 마음에만 있는 것들도 있다. 마음에 있는 그것이 사적인 것을 넘어 문화적이며 민족적인 상징성을 보이는 경우도 있다. 실용성이 분명한 것이 있는가 하면 남들에게는 별스럽지 않거나 실제 교환가치가 거의 없는 것도 있다. 예전에는 애용된 것인데 지금은 소외되고 있거나 이미 사라진 애장품도 있다.

문득, 로그인

원래 돌확은 차돌멩이로 음식 재료, 들깨나 고춧가루 찹쌀가루를 으깨기 위한 가재도구였던 것이다. 명절날이면 찐 찹쌀을 저 속에 넣고 방망이로 찧어서 인절미를 빚어내던 그때가 눈에 선하다. 물고추를 찧어서 김치 양념을 만들고, 들깻가루를 갈아 채에 걸러서 뭇국을 끓여주시던 투박한 시절이 어른거린다. 이제 편리한 전자제품이 역할을 대신하게 되었지만, 그 시절에 우리네 삶에 없어서는 안 되었던 도구들을 나는 사랑한다. 그렇다고 골동품 수집에 취미가 있는 것은 아니다. 다만 예전부터 내려오던 것들을 그냥 간직하고 있는 편이다. 다듬잇돌, 다식판, 놋화로 이런 것들은 옛 손길들을 생각하게 한다. 하지만 저 돌확은 골동품도 아니고, 그때의 추억과 정경을 떠올릴 수 있어서 들여놓았지만, 생각해보니 20여 년 세월을 나와 함께 나이를 먹어가고 있는 중이다.

— 조연향, 「돌확, 나의 소박한 연못」에서

애물단지 옹기가 보물단지가 되면서 집안 곳곳에 굴러다니던 그 많던 옹기는 어느 사이 사라졌다. 오지항아리는 돈을 주고 사기에는 금액이 고가라 망설여진다. 그 흔한 옹기를 간수하지 못하고 여기저기 내돌린 것을 생각하면 후회가 밀려온다. 옹기가 필요해서 막상 사려면 기십만 원씩 한다.

아주 오래전, 짐승과 인간이 영역의 경계가 혼재되던 시기 여인들은 먹거리를 보관하는 문제가 최대 과제였을 것이다. 원시를 지나 문명의 시대를 열면서 음식을 담는 용기가 만들어졌음에도 최고의 발명인 옹기는 하늘이 내린 도구라고 해도 부족함이 없다. 하늘과 바람과 햇볕이 머무는 옹기는 하늘 항아리라고 이름 붙여도 손색이 없다.

— 유시연, 「하늘 항아리」에서

우리 집에도 달챙이숟가락이 하나 있었다. 나는 감자껍질을 벗길 때 그 숟가락을 사용했다. 밭일 나간 할머니와 어머니를 대신하여, 감자 껍질을 벗겨 솥에 찌는 일, 그건 대개 여남은 살 먹은 내 차지였다. 옹배기에 반쯤이나 담긴 감자를 꺼내 껍질을 벗기는 일이, 어린 나에게 쉽지 않았다. 지루했고, 힘들었고, 더웠다. 그래도 밭일하고 돌아올 할머니와 어머니가 배고플 것을 생각하며 꾹 참고 껍질을 벗겼다.

동생들은 감자 언제 찌느냐고 들며날며 자꾸 물어, 마음을 더 바쁘게 만들곤 했다. 달챙이숟가락으로 감

자 껍질을 긁어 벗기고 나면, 감자즙이 얼굴과 목에
튀어 뽀얗게 말라붙어 있었다.
— 최명숙, 「감자칼과 달챙이숟가락」에서

  산업화 과정에서, 대를 이어 우리 곁에 익숙하게 있어
온 것들이 한꺼번에 골동품으로 밀려난 예가 많았다. 지
금은 그런 것들마저 희소성, 전통성 등의 가치를 고려해
되찾아오고 뜻밖으로 전에 없이 높은 가격까지 매겨놓는
다. 그럼에도 여전히 가까이 남겨져 있으면서 아직은 경
제성을 따지지도 못하는 것들이 있다. 하지만 그것에서
어떤 숨결을 느낄 수 있다면, 그리고 그 숨결을 소중하다
고 생각한다면 그 가치는 새삼스러울 수 있다. 어떤 이는
이를 더 가까이서 볼 수 있는 자리에 옮겨두고 완상(玩賞)
하기도 하고 굳이 불편함을 무릅쓰고 애써 애용하기도
한다. 우리의 선비 문화에서는 전통적인 것에서 가까이
즐기고 감상할 것을 찾아 그것에 얽힌 사연을 산문 형식
으로 집필하는 전통을 쌓기도 했다.
  어떤 이는 그냥 있는 그대로 두는 것으로 그다운 가치

를 부여하기도 한다. 위 산문들은 바로 그런 고래(古來)의 물건 중에서 오늘날까지 곁에 두고 일용하거나 완상하고 있는 사람으로서의 경험과 느낌을 담고 있다. 돌확, 달챙이숟가락…… 우리한테 언제 그런 게 있었나 싶은 뒤늦은 발견이 주는 묘미…… 그런 게 아닐까 하는 깨달음……. 이러한 서술의 펼침이 자연스럽게 독자의 시선을 붙들고 그 마음에 잔잔한 파문이 일게 한다.

4. '도구 활용법'으로 확장되는 스토리

'인간의 상상은 물질에 기대 구체화된다.' 가스통 바슐라르(Gaston Bachelard)의 '물질적 상상력' 이론을 축약해 본 이 명제는 실은 자신이 글을 쓸 때보다 다른 사람이 쓴 글을 볼 때 참 어김없다 싶다. 물론 바슐라르가 말한 '물질'이라는 것이 항아리, 숟가락, 절구통 식으로 구체화된 물건을 의미하는 것은 아니다. 그것은 아시는 대로 물, 불, 공기, 흙 등 만물의 본질적 요소, 즉 원소(元素)를 지칭한다. 만물은 이미 이 원소에서부터 비롯된 현상인 것인데, 그 현상의 최종적인 것이 바로 물건이다. 인간의 상상은 그런 점에서 원소라는 본질적 요소와 물건이라는 구체적 현상 사이를 오가면서 진행된다고 할 수 있다. 이 걸 문학 장르에서 굳이 가름해본다면 시적 상상은 '원소 중심적'이고 산문에서의 상상은 '현상 중심적'이라고나 할까. 오늘 '애장품'이라는 테마를 만난 10인의 필자들은 그 현상의 물건을 중심으로 상상력을 펼쳐나가는바, 당연하게도 개인 체험의 구체성으로써 내용을 알차게 채운다.

사람이 살아가는 데 필요불가결(必要不可缺)에 의해 물건을 소유하고 지배한다. 내가 입고 있는 옷, 집 안의 가구들, 자잘한 살림도구 등등, 이것들을 내가 지배한다기보다 내가 지배당하고 있지 않나 생각할 때가 많다. 그중에 가장 나를 꼼짝 못 하게 하는 것은 온열기다. 나는 밤마다 그것을 끌어안아야 잠들 수 있다. 봄에도 가을에도, 기온이 급강하한 겨울밤이면 더욱 좋지만 더위가 푹푹 찌는 여름밤에도 땀을 뻘뻘 흘리며 뜨끈한 것을 내 배 위에 올려놓고 견뎌야 한다.

　　— 조규남, 「세상에서 나와 가장 가까운 사이」에서

　　커프스 버튼과 원피스. 이것들은 내게 남성성과 여성성으로 이미지화된 물건들이다. 마치 프로이트의 정신분석 용어인 '원초적 장면(primal scene)'처럼 어린 시절에 마주한 어떤 강렬한 장면 이후로 고정된 이미지를 형성해왔다고 볼 수 있다. 남성과 여성을 상징하는 혹은 그들이 기호하는 물건이 이것만이 아닐진대 나는 이들을 마주할 때마다 마치 세뇌된 기억처럼 흡수되고 만다.

　　— 오영미, 「커프스 버튼과 원피스」에서

　　어느 날의 토요일, 수면바지 차림의 나는 6개월마다 바뀌는 걸그룹들의 현란한 군무를 흉내내보려다 허리와 둔부에 부담을 느끼고 내가 지른 단말마의 비명에 스스로 깜짝 놀라다가 심오한 고민에 빠지기 시작했다. 식상한 그와 나의 갈등이 첨예화되었을 때 그 실책을 상대에게 전적으로 전가하지 않기 위해 나는 끝까지 최선을 다하고 싶었다.

　　상대를 버리고 후회하지 않기 위해 나는 다시 한번

재고해보기로 했다. 그의 문제점을 곰곰이 생각해보았다. 어찌 됐든 선택의 칼자루를 쥐고 있는 쪽은 고소하게도 나였기 때문이었다.

— 이신자, 「텔레비전과의 이별」에서

　자신의 인생에서 처음부터 귀하게 여기는 물건도 있지만, 어떤 물건은 자신의 의지와 상관없이 무조건 가까이하게 된다. 옷이나 양말이나 신발 같은 것은 말할 것도 없고 화장품, 볼펜, 안경, 모자, 핸드백, 텔레비전, 스마트폰, 노트북 등등이 그런 것들이라 하겠다. 그것들은 정말 인간이 살아가는 데 '필요불가결(必要不可缺)'한 물건으로 어쩌면 인간이 그것을 소유하는 것이 아니라 그것이 인간을 지배하고 있다고 할 수 있다. 누가 누구를 지배하거나 소유하거나 간에 그 물건 중에는 내가 정말 '애장'할 수밖에 없는 것이 있게 된다. 이를테면 '커프스 버튼'이나 '원피스'처럼 내 성장 단계에서 깊은 문화적 이미지로 내장된 것도 있고, '텔레비전'처럼 내 일상 깊이 관련돼 떼려야 뗄 수 없는 관계로 형성된 것도 있으며, '토르마린 개인용 온열기'처럼 내 신체의 부작용을 누그러 뜨리는 상용품으로 '애장'되고 있는 것도 있다. 평이한 것은 평이한 대로, 특별한 것은 특별한 대로 그것들은 그 것의 애장자에게 각별한 사연을 안겨주기도 한다. 오늘 의 필자들은 그 애장품에 얽힌 소소하고 세세한 사연으 로써 재미와 의미를 만끽하게 한다.

아, 두룸박! 까마득히 잊혔던 그 두룸박줄을 통해서 딸려 올라오는 모든 이미지의 연상들. 광릉내 갔다 오 던 길에서 보았던 노란 산더미의 참외들과 쌍문동 갔 다 오던 길에서 보았던 빛바랜 보자기 위에 펼쳐진 샛 노란 참외 알들. 모두가 같거나, 같지 않았을 존재의 덩어리들. 분명하게도, 오늘의 나를 이루고 있는 질료 의 존재들이다.

— 황영경, 「똑같은 참외」에서

그가 선물한 연꽃 모양 바늘꽂이에는 바늘 한번 꽂 아보지 않았는데, 가만히 들여다보니 수없이 꽂힌 바 늘이 보인다. 바늘꽂이가 아니라 내 가슴속 깊이 꽂힌 바늘이다. 실타래처럼 얽히고설킨 과거를 한 올 한 올

풀어내고, 이제는 나 자신이 편해지고 싶어 바늘을 뽑아낸다. 그러니 너도 하늘나라에서 맘 편히 지내렴.
　　　　　　　　　　　— 한봉숙, 「연꽃 모양 바늘꽂이」에서

　우리네 인생이 그렇듯 내가 가진 물건이라 해서 모두 아름다운 추억만 물고 오는 것은 아닐 것이다. 내게 '애장'되고는 있지만 때로는 외면하게 만들고 때로는 자신을 부끄럽게 만드는 것들도 있다. 슬프지만 간직해야 할 물건도 있다. 뭐라고 표현할 수 없는 채로 간직해온 물건도 있다. 그런데 이 물건이 글쓰기의 중심에 놓이면서 의외의 '스토리텔링 효과'를 발휘하기도 한다. 통상 사연이 많은 글은 완성도가 떨어지기 쉬운데 그것은 그 사연 전체를 모두 풀어놓으려 하는 데 큰 이유가 있다. 그럴 때 하나의 물건을 통해 그 사연을 집약적으로 드러내는 방법을 취하면 효과적이다. 그걸 서사 창작에서 '도구 활용법'이라 명명한 적이 있다.
　이 사례를 위 두 편에서 각각 확인한다. 어릴 때 이웃 여인의 심부름 나들이 때 겪은 이상한 '참외 체험'은 그

해설 _ 글쓰기 시대의 산문 쓰기

여인의 특이한 삶을 바탕으로 드러나면서 세상을 보는 인식의 성장을 응집하고 있다. 친구가 남기고 간 '연꽃 모양 바늘꽂이'는 빌려간 돈을 날려 내게 쓰라린 좌절을 안겨준 그 친구의 아쉬운 인생 스토리와 그로부터 얻은 내 인생의 교훈을 담아내는 도구가 된다. 이들 필자들의 애장품은 이렇듯 스토리를 집약하고 의미를 구체화하는 매개로 기능하고 있다.

5. 사물 사이에 사람이 있다

'인간은 그 자신만으로 오롯이 주체일 수 없다!' 이는 '자아는 타자다'라는 자크 라캉(Jacques Lacan)의 명제이기도 하다. 이때 타자는 말 그대로 '남'이라는 인간이 아니라 인간을 되비치게 하는 모든 사물인 것은 말할 것도 없다. 인간은 그 사물에 자신을 비춤으로써 비로소 인간이 된다. 결국 인간은 사물 사이에 있는 존재다. 이 책의 애장품들은 바로 그 사물들의 아주 선명하고 사소한 실체라 할 수 있다. 그 사물은 좁게는 인간에게 실용되는 것에서부터 그냥 두고 보는 것, 마음에 두는 것, 자신은 가지지 않고 다른 사람에게 선물하는 것 등이 있고 넓게 는 자신의 죽음 뒤에 남아 있을 것도 있다. 그러므로 여 기서 더욱 중요해진 것은 사물 자체가 아니라 그것을 대 하는 사람의 태도가 된다. 이 책 머리말에 표현된『대학』 의 '격물치지(格物致知)'란 바로 그 태도를 말한 것일 터.

격물치지는『대학(大學)』에 제시된 삶의 바람직한 8개 조목 즉 격물·치지·성의(誠意)·정심(正心)·수신(修 身)·제가(齊家)·치국(治國)·평천하(平天下) 중 맨 앞자 리에 나오는 2개 조목이다. 후세 학자들의 해설로는 이 조목이 특히 다른 6개 조목에 비해 처음부터 보충설명이 곁들여지지 않아 의견이 분분했다고 한다. 이 중, 주자 는 '사물의 이치를 끝까지 파고들어가면 앎에 이른다'의 '지식 중심론'으로 풀이했고, 양왕명은 '사물의 마음을 어 둡게 하는 물욕을 물리쳐야 본질을 만난다'의 '도덕 중심 론'으로 풀이했다. 오늘 10인 필자들의『문득, 로그인』에 서의 애장품 보기는 어떨까. 결론을 말하면 이들 산문은

이 둘 사이를 오가며 다채롭게 펼쳐져 있다.

> 어느 날 내가 좋아하는 경복궁 돌담길을 걷다 불교
> 서점에 들어섰다. 거기서 '당신은 웃어요, 내가 꽃으
> 로 필게'라고 새겨진 작은 한지 액자를 발견했다. 사
> 가지고 집에 돌아와 남편 방문에 걸어주려고 했더니,
> 굳이 내 방에 걸어두라고 다시 남편이 가지고 왔다.
> 아니라고 서로 왔다 갔다 하기를 거듭하다가 결국 책
> 장 속에 세워두고 말았다.
> 내가 꽃으로 피려고 수고하고 고통을 감내할 테니,
> 당신은 웃어요. 이 얼마나 아름다운 글귀인가. 우리도
> 이만큼 서로를 배려하고 서로를 아끼게 되었다는 의
> 미일까. 이제 우리는 밥상머리에서 서로의 죽음을 대
> 비하면서 모든 면에서 독립적으로 살아가자고, 이별
> 을 연습하자고 자주 말하곤 한다.
> — 장현숙, 「당신은 웃어요, 내가 꽃으로 필게」에서

라캉식으로 말하면 사물에 자신이 비쳐지지 않는 인간
은 인간일 수가 없다. 인간은 자신의 인간다움을 위해 자
신을 비춰볼 사물을 찾아내야 한다. 그로부터 기꺼이 '꽃

문득, 로그인

으로 피어' '당신에게 웃음을 줄 존재'가 될 길을 찾아내야 하는 것이 인간이다. 글쓰기도 바로 그렇다. 글쓰기란 대상을 찾아 나를 비추어 보는 행위다. 오늘 애장품이라는 사물을 찾아 자신을 비추어 본 우리 필자들의 시간과 노력이 또한 그러하다. 그 끝에 꽃으로 피어날 길을 찾았으니, 이를 보는 모두들 웃어줄 일만 남았다.

박덕규 | 문학평론가